성공을 꿈꾸는 ____________ 님께

작지만 지혜의 선물로 가득찬 이 책를 드립니다.

성공을 꿈꾸는 사람들에게 주는

소중한 지혜의 한 줄 365

성공을 꿈꾸는 사람들에게 주는

소중한 지혜의 한줄365

초판1쇄 인쇄 2020년 01월 10일
초판1쇄 발행 2020년 01월 15일

엮은이 | 이신화
펴낸이 | 이현순

펴낸곳 | 백만문화사
출판신고 | 2001년 10월 5일 제2013-000126호
주소 | 서울시 마포구 독막로 28길 34(신수동)
Tel | 02)325-5176 Fax | 02)323-7633
전자우편 | bmbooks@naver.com
홈페이지 | http://www.bm-books.com

ISBN 979-11-89272-17-3 (02810)
값 12,000원

The precious line of wisdom

성공을 꿈꾸는 사람들에게 주는

소중한 지혜의 한줄365

contents

January 1월 009
February 2월 043
March 3월 075
April 4월 109
May 5월 143
June 6월 177
July 7월 211
August 8월 245
September 9월 279
October 10월 313
November 11월 347
December 12월 381

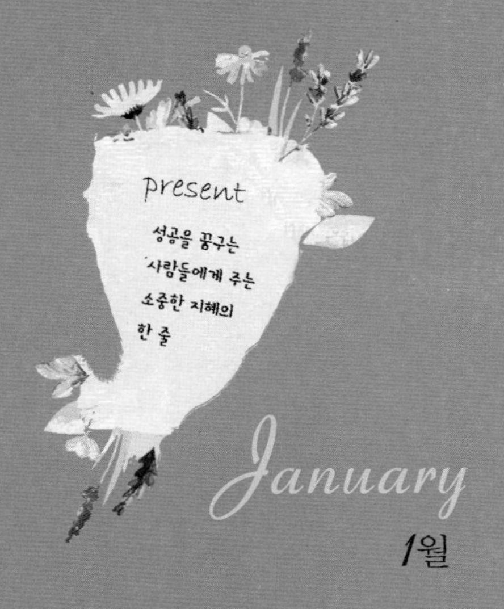
present
성공을 꿈구는
사람들에게 주는
소중한 지혜의
한 줄

January

1월

quotation of precious wisdom

위험을 피하려고 새로운 위험을 부르지 마라

우리는 살아가면서 많은 위험과 맞닥뜨린다. 최악의 순간에서도 살아남는 방법은 얼마든지 있다. 그러나 그 방법을 선택하는 것은 우리 자신이다. 우리는 위험이 닥쳤을 때 최선의 방법을 선택할 준비가 되어 있는가. 준비는커녕 위험이 닥치고 있는지도 모른 채 살아가고 있는 게 바로 우리들이다. 지금부터라도 준비해야 한다. 작은 위험이 닥쳤을 때 지혜롭게 해결하지 못하고 피하고 만다면 곧 더 큰 위험이 찾아올 테니까.

quotation of precious wisdom

바보상자를 멀리하라

자신의 삶을 망치지 않으려면 바보상자를 멀리하라. 너무나 많은 시간을 텔레비전을 보면서 지낸다면 당신의 습관을 뒤돌아볼 필요가 있다. 텔레비전이 백해무익한 것은 아니다. 많은 정보와 교양물도 있다. 그러나 대부분의 사람들은 이런 정보나 교양물을 멀리하고 오락과 드라마를 보는 것으로 시간을 보내고 있다. 더 나쁜 습관은 많은 사람들이 집에 있을 때는 무의식적으로 일어나서 잠잘 때까지 텔레비전을 켜 놓는다는 것이다. 그렇게 한다면 자신도 모르게 텔레비전 속의 쓰레기 같은 광고와 오락물들이 당신의 머릿속으로 침투하여 당신의 머리를 오염시킨다. 텔레비전을 무의식적으로 틀어 놓는 것이 아니라 당신이 생각을 갖고 선택해서 보는 것이 중요하다. 습관적으로 텔레비전을 봄으로써 당신 삶의 넉넉하고 새롭고 창의적인 인생이 망가지게 놔두는 것을 일단 멈추어라. 오늘부터라도 텔레비전을 시청하는 시간에 당신을 위한 취미나 독서에 투자하라. 그러면 머지않아 당신은 자신이 원하는 개성 있는 삶을 살 수 있게 된다.

quotation of precious wisdom

친구라도 때로는 적당한 거리가 필요하다

아무리 친한 사이라 해도 서로 적당한 간격을 두는 것이 좋다. 간격은 이심전심의 마음이 아니라 예의를 말한다. 함께 같은 길을 가는 사람일지라도 서로 예의를 지켜야 먼 길을 같이 갈 수 있게 된다. 더구나 서로 다른 길을 가고 있다면 각자의 위치에서 분발하며 살아가는 게 낫다.

quotation of precious wisdom

새로운 아이디어가 떠올랐다면 즉시 메모하라

아이디어는 오랜 생각 끝에 순간의 찰나에 떠오르는 것이다. 새로운 아이디어가 떠올랐다면 바로 노트에 정리하자. 바로 하지 않으면 금방 잊어 버릴 가능성이 높다. 그리고 그 아이디어를 잘 정리해 놓는다면 그 중에서 당신 인생에 있어 몇 개는 언젠가는 빛을 발하게 된다. 이 세상에서 불편한 것들과 개발되어야 한다고 생각하는 것들의 목록을 만들어보자. 그리고 세상의 모든 것들에 대하여 깊이 생각해 보는 습관을 지니도록 노력해 보자. 당신의 주변을 돌아보자. 쓸 만한 생각이 있다면 메모하라. 먼저 좋은 아이디어를 얻기 위해서는 아이디어는 늘 주변에 있는 것이라는 인식에서 출발하라. 당신은 불편한 게 없는가? 이런 질문들을 당신 자신에게 던져 보자. 불편함이란 바로 창조적인 아이디어 발상의 첫걸음인 것이다. 에디슨은 메모광이었다. 그러기에 그는 발명왕이 될 수 있었다. 생각은 순간적인 것, 그 순간을 바로 메모하지 않는다면 금방 잊어버리고 만다.

quotation of precious wisdom

천천히 서둘러라

목이 타서 죽을 지경이라면 눈앞에 보이는 게 없을 수도 있다. 하지만 '급할수록 돌아가라.' 는 말은 이런 상황에 꼭 필요한 지혜가 아닐 수 없다. 여유 부릴 시간이 없다고? 그러나 시간이 없다는 이유로 승산 없는 승부를 밀어붙이게 되면 한꺼번에 많은 걸 잃어버릴 수 있다. 정말 서둘러야 한다면 천천히 서두르자! 천천히 꼼꼼하게, 뚜벅뚜벅 서두르자!

quotation of precious wisdom

삶을 위하여 시간을 관리하라

시간과 기회는 누구에게도 기다려 주지 않는다. 당신의 일을 뒤로 미루지 말라. 사람이라면 누구든지 일을 뒤로 미루어 버리고 싶은 욕망이 있다. 특히 당신이 하기 싫은 일이라면 일을 뒤로 미루고 싶은 욕망은 더욱 커진다. 그러나 당신이 일을 뒤로 미루었다고 해서 해결되는 것은 아무 것도 없다. 일을 뒤로 미루면 미룰수록 해야 할 일이 점점 더 많아질 뿐이다. 당신의 시간 관리의 출발점은 일을 뒤로 미루지 않는 습관에서 출발하여야 한다. 일을 뒤로 미루어 버렸다는 것은 시간과 기회를 뒤로 미루었다는 것과 마찬가지의 의미인데 시간과 기회는 그 누구도 기다려 주지 않는다. 일을 미룬다는 것은 당신의 시간과 기회를 버리는 것과 마찬가지이다. 일을 미루지 않고 당신이 바로바로 처리하는 습관을 익힌다면 아마도 당신의 바쁜 생활의 와중에서도 여가의 시간이 당신을 방문하게 된다.

quotation of precious wisdom

친절과 방심은 구별하라

사람이 다른 사람에게 친절을 베푸는 일은 은혜롭다. 대가를 바라지 않는 친절이라면 더욱더 존경받을 만한 일이다. 하지만 지나친 친절은 상대방에게 배신의 빌미를 제공한다. 우리가 베푸는 친절을 받아들이는 사람들 모두가 양심이 깊다고 볼 수는 없다. 친절은 주고받을 때 더욱 가치가 높다. 일방적으로 베푸는 친절보다는 작은 책임감이라도 얹어주는 약속된 친절이 현명하고 지혜롭다.

quotation of precious wisdom

배려하지 못하는 사람이 배려받을 수 있나?

남을 배려하지 못하는 사람은 결국 자신도 배려받지 못한다. 지금 당장에는 남을 배려하여 자신의 이익을 조금 줄이는 것이 손해인 것 같지만 당신이 조금만 앞을 내다보고 생각한다면 당신이 남을 배려하는 것은 결국 당신의 미래를 위한 배려인 것이다. 한 번 생각해 보라. 남을 배려하지 못하는 사람이 어떻게 남의 배려와 도움을 받을 수 있으며, 남의 배려와 도움을 받지 못하는 사람이 어떻게 삶에서 성공할 수 있단 말인가? 당신이 베푼 배려는 언젠가는 다시 당신에게 되돌아온다. 결국 남을 배려할 수 있는 사람이 자신을 그만큼 아끼고 자신을 그만큼 배려하는 사람이다. 당신이 남을 배려하고 또한 남에게 베푼 만큼 당신에게 돌아오는 배려들을 기꺼이 받아들일 수 있다면 이제 당신은 자신의 발전을 향하여 성큼 내딛을 수 있는 준비가 완료된 것이다.

quotation of precious wisdom

방법이 틀리면 언을 것이 없다

썩은 생선으로 파리를 쫓으려면 파리가 더욱 더 모여들 뿐이다. 우리말에 선무당이 사람을 잡는다는 말이 있다. 방법이 서툴다면 돌이킬 수 없는 사태를 몰고 오게 된다. 열심히 노력하는 사람이 삶에서 좋은 결과를 가져오지 못하고 있다면 한 번쯤은 삶을 살아가는 방법에 대해 진지하게 생각해볼 필요가 있다. 방법이 틀리다면 열심히 노력하는 그 자체도 낭비가 된다.

quotation of precious wisdom

본능적으로만 행동해서는 삶이 불행하다

사람들의 신체를 구성하고 있는 물질의 가치로만 봤을 때 사람이라는 존재는 참으로 가치가 없다. 그러나 사람의 가치를 신체의 가격으로만 산정할 수 없다. 구성되어 있는 물질의 가치로만 사람을 환산했을 때 사람은 한낱 동물과 다름이 없고, 또한 사람이 본능적으로만 행동한다면 그것도 동물과 다름 없다. 그러나 사람은 무한한 가능성을 가지고 있고 또한 노력을 통하여 새로운 세계를 개척할 수 있는 힘을 가지고 있다. 결국 사람의 가치란 그 사람의 가능성을 평가하는 것이다. 사람은 가능성을 가지고 있기에 자신이 어떻게 마음먹고 어떻게 노력하느냐에 따라 자신의 가치가 달라진다. 만약 자신의 가능성을 인정하지 않고 또한 노력도 하지 않는다면 사람은 동물 이상의 가치가 없다. 자신의 무한한 가능성을 인식하면서 그 가능성을 이룩하려고 노력하는 데에 사람의 가치가 있다. 사람이 자신의 가능성을 인식하지 못하고 본능에만 따라 행동한다면 결국 자신을 실패자로 만들고 만다.

quotation of precious wisdom

모든 위기는
내 둘레에서 일어난다

너무 한쪽만 편향되게 보면 자신의 삶에 큰 화를 당할 수도 있다. 발밑을 조심하라! 이 말은 불을 만지면 화상을 입고 비가 내리면 땅이 젖는다는 말처럼 단순하지만, 그 안에 커다란 진리가 담겨 있다. 위기는 멀리서 찾아오지 않는다. 그리고 그 위기를 극복하는 방법도 멀리 있지 않다. 평소에 우리 둘레만 잘 돌아봐도 평화롭고 행복한 삶을 살아갈 수 있다.

quotation of precious wisdom

습관이 당신의 내일을 좌우한다

매일 부딪치는 사소한 일이나 사소한 선택은 바로 당신의 습관을 형성하는 것이고 그 습관은 어찌 보면 사소한 것에 불과하지만 당신의 미래를 좌우할 만한 중요한 것이다. 만약 나쁜 습관이 일상화되어 그것이 반복된다면 당신이 아무리 중요한 것에 매달려도 그 습관으로 인하여 결국에는 낭패를 보게 된다. 당신이 후에 깨달았다고 해도 그 나쁜 습관으로부터 벗어나는 것은 너무나 힘든 일이다. 매일의 사소한 일이나 선택을 중요하게 여겨 좋은 습관을 몸에 익힌 사람은 아마도 그 만큼 사는 보람을 자신의 삶에 보탤 것이고, 나쁜 습관에 익숙해진 사람은 그 습관을 고친다는 것이 너무 어렵고 그 나쁜 습관으로 인한 힘들어진 삶은 아마도 좀처럼 바꾸기 어려울 것이다. 결국 성공을 하려면 사소한 것을 중요한 것보다도 더 신중하게 생각하라. 결국 당신의 미래는 사소한 것들에 의해 좌우될 것이다.

quotation of precious wisdom

자신이 마음먹기에 따라 세상은 달라진다

세상의 일이란 자신이 어떻게 마음을 먹느냐에 따라 달라지는 것이다. 기쁘게 생각하면 기쁘고 슬프게 생각하면 슬프게 되는 것이다. 세상을 살아가면서 당신이 슬프게 생각하면 당신은 슬프게 될 것이다. 그러나 당신이 기쁘게 생각하면 당신은 틀림없이 기쁘게 될 것이다.

quotation of precious wisdom

신뢰를 얻으려면

아무리 사소한 약속이라도 지켜야 한다. 살다 보면 사소한 것이라고 생각하는 것들에 대해서는 약속을 종종 어기게 된다. 그러나 사소한 약속이라도 꼭 지켜야 한다. 사소한 것이라고 약속을 안 지키다 보면 남에게 신뢰를 줄 수 없다. 그리고 사소한 것도 못 지키는 사람에게 큰 약속을 할 수는 없다. 본의든 본의가 아니든 한번 한 약속은 지켜야 한다.

타인의 신뢰를 무너뜨리는 것은 사소한 약속을 못 지키는 데 있다. 중요한 것은 중요하기에 지키려고 노력하는데 사소한 약속은 사소하기에 쉽게 약속을 저버릴 수 있다. 그러나 그 사소한 약속을 지키지 않는 것은 신뢰를 무너뜨리는 행위다. 그리고 한번 무너진 신뢰는 다시 회복하기까지는 많은 노력과 시간이 필요한 것이다. 당신이 만약 타인의 신뢰를 얻으려면 아무리 사소한 약속이라도 최대한 노력해서 지켜야 한다.

quotation of precious wisdom

동정심도 지나치면 남에게 해를 입힌다

동정심은 사랑하는 마음이다. 사랑하는 마음이란 그 대상에 대해 안다는 것이다. 알지 못하면 어떤 사랑도 베풀 수 없다. 사랑은 나를 위해 주는 것이 아니라 그 사랑을 받는 대상을 위해 주는 것이다. 내가 베푸는 동정심이 그에게 어떤 도움이 될 것인지 먼저 고민한 다음 사랑을 주어도 늦지 않다. 상대방의 처지와 마음을 헤아리지 않은 채 무조건 베풀게 되면 오히려 폐만 끼칠 수 있다.

quotation of precious wisdom

꾸준히 걷다 보면 목적지에 도달한다

활짝 핀 동산의 꽃도 일찍 핀 것은 먼저 시들고 더디게 자라는 산기슭의 소나무는 무성하고 늦도록 푸르다. 지금은 무엇이든지 먼저, 빨리, 항상 1등만을 목표로 삼고 앞만 보고 사는 시대이다. 누구나 빨리 목표를 달성하여 보다 많은 것을 가지려고 하지만 그렇지 못하다고 해서 실망할 일도 아니다. 못생긴 나무가 산을 지키고 서서히 자란 소나무가 늦도록 푸르다는 것을 기억해야 한다. 삶을 장기적인 안목에서 바라보아야 한다. 지금 남보다 뒤떨어져 있다고 실망할 필요가 없다. 자기의 길을 꾸준히 걷다 보면 목표가 이루어진다. 인생은 단거리가 아니라 마라톤이다. 삶이라는 장거리 레이스에서 중도에 포기하지 마라. 힘이 들 때는 그 자리에 주저앉아 쉬어라. 눈물이 나온다면 참지 마라. 그러나 포기는 하지 마라. 포기한다면 삶의 남은 부분도 포기하게 된다.

quotation of precious wisdom

자만하는 순간 비탈길로 내려서게 된다

공작새들은 자기 이외의 다른 공작새의 꼬리를 부러워하지 않는다. 그것은 모든 공작새가 자신의 꼬리가 세상에서 가장 훌륭하다고 믿고 있기 때문이다. 이런 이유로 공작새들은 잘 다투지 않고 평화롭다. 하지만 어디까지나 자부심이 있을 때만 그렇다. 자부심이 지나치게 되면 자신을 파괴하는 자만심이 되기 십상이다. 자만은 만용을 부르고 만용은 우리를 끝없는 나락으로 떨어뜨린다. 자부심은 잃지 말되 결코 자만에 빠지지는 말자.

quotation of precious wisdom

미래는
미래를 준비하는 자들의 것이 된다

낡은 세상에 안주하고 있는 사람은 미래를 맞아들이기 힘들다. 현실에 안주하여 현실을 즐기는 자는 현실과 같은 미래를 맞이할 수 없게 된다. 미래는 항상 새로운 것들로 가득 채워져 있어 미래를 준비하는 자들의 것이 된다. 그것을 맞이할 준비가 되어 있지 않으면 항상 뒤처지게 된다. 미래는 저절로 오는 것이 아니라 준비하여 맞이해야 한다. 다가오는 것만으로는 당신의 삶을 변화시키지 못한다. 철저한 계획과 마음을 열고 준비해야만 시시각각 변화하며 다가오는 미래를 자기의 것으로 만들어갈 수 있다. 과거를 돌이켜 생각하고 현실을 직시하여 미래를 예측해야 한다. 예측함으로써 계획을 세울 수 있고 그 계획대로 실행할 수 있게 된다. 우리도 우리의 과거를 돌이켜 반성해보고, 현재의 우리들 모습을 똑바로 바라보아 어떤 미래를 맞이할 것인가를 생각해야 한다. 지금 자신의 미래가 보이지 않는다면 현실에 더욱더 충실하고 자기계발을 통해 자기발전을 이루어야 한다. 그러면 시간이 걸리더라도 자신의 길이 보이기 마련이다.

quotation of precious wisdom

먼저 자신의 흉이나 허물을 고쳐야 한다

자기 혼자 잘나기를 원하는 사람은 다른 사람의 결점을 꼬집고 싶어 한다. 남의 인격을 존중할 줄 모르면서 덮어놓고 남의 결점만을 들추고자 하는 사람은 좋은 점을 발견할 수 없다. 사람은 때때로 남의 결점을 파헤침으로써 자신의 존재를 돋보이려고 한다. 그러나 그렇게 함으로써 오히려 자신의 결점을 드러내는 것이다. 사람은 총명하고 선량하면 할수록 남의 좋은 점을 발견한다. 그러나 어리석고 짓궂으면 그럴수록 남의 결점을 찾는다.

quotation of precious wisdom

고난이
미래의 문을 연다

운명은 시련의 순간에 결정된다. 사람을 사람답게 만들고 지혜를 얻도록 만드는 것은 바로 고난과 시련이다. 시련을 겪기 이전에는 참다운 사람이 되지 못한다. 배를 곯아 본 사람만이 음식의 소중함을 알듯 당신도 시련을 통해 진정한 자아를 찾게 된다. 삶을 살아가면서 평탄한 길만 걸어간다면 그 얼마나 따분하고 심심한 것이 되겠는가? 우리의 앞을 가로막는 장애물이 나타나더라도 그것을 헤치고 나아감으로써 미래의 문은 열리고 지혜를 얻게 되고 운명을 개척해 나갈 수 있다. 우리가 그토록 원하는 미래의 꿈을 달성하기 위해서는 작은 실패를 두려워하지 말고 새로 시작한다는 마음가짐으로 다시 시작해야 한다. 그러면 우리의 꿈은 그리 먼 곳에 있지 않음을 느끼게 된다.

quotation of precious wisdom

냉정하고 냉철하게 문제를 풀어가라

때때로 사람들은 어떤 문제가 생겼을 때, 자신의 잘못된 처방으로 인하여 더욱 상황을 악화시키는 경우가 있다. 세상을 살아가면서 자신의 문제를 정확하게 아는 것도 중요하지만 우리에게 더욱 중요한 것은 그 문제에 대해서 정확하고 올바른 처방을 해야 한다. 문제가 일어났을 때 감정적으로 해결하려 하면 긁어 부스럼을 만드는 결과를 낳기 쉽다. 화가 날수록 침착하고 냉정하게 대처해야 한다.

quotation of precious wisdom

세 살 버릇이 여든까지 간다

습관이란 여러 번의 경험을 통해 당신의 몸에 밴 일종의 무의식적으로 나타나는 행동이다. 좋은 습관이든 나쁜 습관이든 자신도 모르는 새 밖으로 표출되어 남의 눈에 띄게 된다. 따라서 올바른 습관은 어린 시절부터 기르는 것이 좋다.

일단 한번 몸에 밴 습관은 좀처럼 변화시키기 어렵다. 좋은 습관을 가지기 위해서는 곁에서 누군가 당신의 습관을 보고 칭찬이나 충고를 해줄 사람이 필요하며, 당신은 칭찬을 받은 습관에 대해서는 그것을 더욱더 실천해야 하고 충고 받은 습관에 대해서는 의지를 가지고 고치려는 노력이 필요하다. 우리의 인생은 이러한 의지에 의해 성공하느냐 실패하느냐가 달려 있다.

quotation of precious wisdom

다른 사람을 배려할 줄 아는 미덕을 갖춰라

사람들은 자기 자신을 기준으로 삼아 다른 사람들을 판단한다. 다른 사람의 입장을 전혀 헤아리지 않으면서 자신의 입장만을 내세운다면 다른 사람에게 치명적인 상처가 될 수도 있다. 자기중심적인 사람은 절대로 행복하지 않다. 만족스러운 인생을 보내는 비결은 다른 사람에게 보다 많은 사랑과 기쁨과 행복을 나누어 주는 데에 있다.

quotation of precious wisdom

과거는 아무리 강조해도 과거일 뿐이다

미래를 보고 앞으로 나아가라. 그렇다고 해서 과거가 중요하지 않다는 말은 아니다. 과거란 오늘의 당신을 있게 한 소중한 자산이다. 그러나 당신이 자신의 과거를 받아들이지 않고 단지 후회만 한다면 아마도 당신은 과거로 인하여 앞으로도 많은 시간을 괴로워하지 않으면 안 된다.

흘러간 과거는 받아들여라. 그리고 후회라는 것도 오늘을 위하여 있는 것이지 지나간 과거의 사실을 되돌리지는 못한다. 그런데 많은 사람들은 과거에 매달리면서 현재의 삶을 희생시키는 사람들이 너무나 많다. 단지 후회한다고 해서 해결되는 일이 있는가? 후회는 다른 후회만을 가져올 뿐이고 그런 사고의 반복은 자기의 삶을 점점 더 미궁 속으로 빠지게 하지 않을까? 후회를 조금 발전시켜 과거의 잘못이나 문제를 반성할 수 있다면 삶은 또 다른 전기를 마련하는 것이 아닐까?

과거에 당신에게 그런 일이 있었기에 지금 당신이 있는 것이다. 과거를 부정하면 할수록 당신의 삶만 힘들어진다.

quotation of precious wisdom

자기만의 줏대로 살아가라

사람은 자기 자신을 의탁할 자기의 세계를 가지고 있어야 한다. 자기의 마음속에 그리고 있는 자기의 세계에 충실하였는가 충실치 못하였는가가 항상 문제다. 사람에게 가장 슬픈 일은 자기가 마음속에 의지하고 있는 세계를 잃어버렸을 때이다. 나비에게는 나비의 세계가 있고 까마귀에게는 까마귀의 세계가 있듯이 삶도 각자 믿는 바에서 정신의 기둥이 될 세계를 가지고 있지 않으면 안 된다. 만일 당신이 당신의 마음과 상관없는 곳에서 헤매고 있다면 자기의 세계로 돌아가야 한다.

quotation of precious wisdom

천 길 제방도 아주 작은 구멍으로 인하여

사소한 일을 그대로 무시하는 사람은 자신의 삶을 망칠 가능성이 높다. 천 길 제방도 아주 작은 구멍으로 인하여 무너지듯이 사람들의 일도 사소한 것이라고 치부하여 무시하다가 크게 일을 그르칠 수 있다. 대부분의 실수는 큰 것에서 오지 않는다. 크고 중요한 일은 의식적이든 무의식적이든 한 번 더 보고 일을 처리하기에 실수를 하지 않는다. 나중에 밝혀지는 문제는 정말로 사소한 문제들이다. 그리고 사소한 잘못 하나가 전체를 못 쓰게 만드는 것이 태반이다. 사소한 것을 무시하거나 그냥 방치한다면 아마도 그 사소한 일로 인하여 전체 일을 그르치게 될 수도 있고 인생의 전부를 실패하게 만들 수도 있다. 사소한 일에 목숨을 거는 사람이 되어서는 안 되지만 그렇다고 해서 사소한 일을 무시하는 사람이 되어서도 안 된다. 둘 다 삶의 실패를 불러오게 만드는 유형이다.

quotation of precious wisdom

자신을 함부로 자랑하지 마라

자화자찬하는 사람은 자신 외에는 아무도 보지 못하는 법이다. 사람은 저마다 장점과 단점을 가지고 있다. 자신의 단점은 숨기고 장점만을 드러낸 채 남의 단점을 조롱하는 사람처럼 속 좁은 위인이 있을까? 진실로 자랑거리가 많은 사람은 스스로 나서서 자신을 과시하지 않는다. 가만히 있어도 사람들이 알아주는 법이다.

quotation of precious wisdom

길을 떠날 때는

자신의 능력을 너무 과신하는 사람은 자신의 삶을 망칠 가능성이 높다. 자신의 능력을 믿는 것도 중요하다. 그러나 그 능력을 과신한다면 엄청난 낭패를 가져올 수 있다. 자신감은 성공을 가져오는 가장 중요한 요소이지만 그것이 지나치게 과신된다면 잘못되었어도 수정을 거치지 않고 계속해서 같은 잘못을 저지르게 된다. 성공한 사람이 자신의 능력을 믿더라도 그것을 늘 점검하고 수정하면서 자신의 능력을 정확하게 보는 것은 성공을 실패로 만들지 않는 아주 중요한 요소이다. 자신을 믿는 것도 중요하지만 길을 떠날 때는 지도와 나침반을 준비하여야 한다.

quotation of precious wisdom

빈 그릇을 들더라도 가득 찬 것처럼 들어라

용기와 힘이 있더라도 신중하지 못하면 그것은 없는 거나 마찬가지다. 신중하게 쓰이지 않는 용기와 힘은 오히려 자신을 큰 위기에 빠뜨릴 수 있다. 빈 그릇을 들더라도 물이 가득 찬 것을 들 때처럼 하고, 빈 방에 들어갈지라도 사람 있는 방에 들어가듯 하라는 말이 있다. 더구나 자신의 인생을 결정하는 일 앞에 서라면 신중하고 또 신중해야 할 것이다.

030

quotation of precious wisdom

말에는 힘이 있다

성공을 부르는 말이 있고 실패를 부르는 말이 있다. 자신이 원하는 삶을 이루기 위해서는 자신의 말을 믿을 수 있어야 한다. 아메리카 인디언들의 전해 내려오는 말들 중에 이런 말이 있다.

"네가 어떤 말을 만 번 이상 되풀이 하면 그 일이 어떤 일이든 반드시 그 일은 이루어진다."

이렇듯 말에는 신비로운 힘이 있다. 오늘부터라도 말의 힘을 믿으면 당신은 어떤 것이든 이뤄낼 수 있다. 그 말에 뒤따르는 많은 노력이 필요하지만….

quotation of precious wisdom

비판 없는 관계에서 배신이 일어난다

비판 없는 관계에서 배신이 일어난다. 아무리 친한 사이라도 어느 정도의 거리 두기가 필요한 이유다. 친한 사람에게 배신당할수록 상처가 큰 법이다. 만약 당신이 누군가로부터 배신을 당했다면 당신에게도 문제가 있는 것이다. 사람을 구별하지 않고 어울리는 일은 무척 위험하다. 낯선 사람이라도 따뜻하고 친근하게 대해주는 것도 좋지만, 어느 정도 가까워지면 경계해야 할 부분을 설정하는 것이 현명하다.

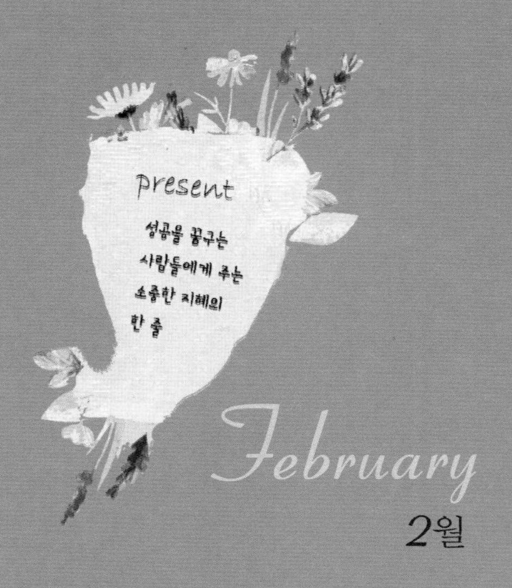
present
성공을 꿈꾸는
사람들에게 주는
소중한 지혜의
한 줄

February

2월

quotation of precious wisdom

둥지를 박차고 날아오르듯

알에서 부화한 어린 새들은 하늘로 비상하기 위해 많은 시간을 인내하며 작은 날갯짓을 계속한다. 마침내 힘을 길러 둥지를 박차고 하늘로 솟아오른다. 당신도 어린 새들처럼 힘이 축적되지 않고 능력이 부족한 상태에서 모든 것을 이루려고 하지 말고 조급하게 생각하지 말고 서두르지 않으면서 시간을 두고 서서히 당신의 힘과 능력을 키워야 한다. 비로소 그 시기가 오면 둥지를 박차고 날아오르듯 세상 밖으로 당신의 몸을 던져야 한다.

quotation of precious wisdom

질투를 자기 발전의 계기로 삼아라

마음에 질투를 품지 않도록 조심하라. 왜냐하면 그것은 어떤 것보다 더 빨리 당신을 죽이는 것이기 때문이다. 질투는 당신이 아름다운 생활을 하지 못하게 막는다. 질투 때문에 다른 사람에게 질투 음모를 꾸미는 사람은 그 음모로 인하여 자신의 파멸을 초래하게 된다. 어쩔 수 없이 질투가 생긴다면 자기 자신을 발전시켜 그것을 극복하라.

quotation of precious wisdom

인내와 용기를 가져야 한다

당신의 인내는 당신의 큰 힘이다. 인내는 당신을 발전시킨다. 어떤 일을 함에 있어서 당신이 실망하고 좌절하여 그 일을 그만 둔다면 당신은 결국 당신이 원하던 것을 얻을 수 없다. 비록 당신이 힘이 부쳐 잠시 쉴지라도 휴식을 취한 뒤에 다시 도전한다면 당신은 언젠가는 그 일을 이룰 수 있게 된다. 또한 인내란 용기의 다른 표현이다. 당신의 주변 환경이 아주 열악하여 당신 자신을 괴롭히고 포기하도록 유혹해도 포기를 안 하는 것은 용기이다. 그리고 그 용기란 실천함으로써 진정한 용기가 된다.

quotation of precious wisdom

인내야말로 삶을 창조하는 최고의 기술이다

꾸준히 참는 사람에게는 반드시 성공이라는 보수가 주어진다. 잠겨진 문을 한 번 두드려서 열리지 않는다고 돌아서서는 안 된다. 오랜 시간 동안 큰 소리로 문을 두드려 보아라. 누군가 단잠에서 깨어나 문을 열어 줄 것이다. 살다 보면 삶의 과정에서 평탄한 길도 있지만 언덕길을 만날 때도 있다. 위대한 업적은 결코 하루아침에 이루어지지 않는다. 그 업적에 필요한 용기와 시간, 그리고 노력을 투여할 때 얻을 수 있는 것이다. 세상의 어떤 일이건 한 방울의 땀들이 모여서 그 결실을 맺는다. 인내심은 지혜를 얻을 수 있는 좋은 방법이다.

quotation of precious wisdom

어려움이나 고통이 닥친다 해도

어린 꽃이나 식물체를 불량한 환경조건에 노출시키는 것을 일컫는 경화라는 용어가 있다. 며칠간 수분이나 온도, 빛 등의 환경조건을 불리하게 해주어 식물체가 어려운 환경을 극복해 가는 과정 중에서 조직이 튼튼해지고 환경적응력이 커져 차후의 생육기간 동안 건전하게 자라는 데 도움을 주는 것을 경화라고 한다. 이렇게 경화된 꽃이나 식물체는 다른 것들보다 아름다운 꽃을 필 수 있고 좋은 열매를 맺을 수 있어 많은 재배가들이 경화작업을 통해 양질의 식물을 생산해 낸다. 불리한 환경조건을 가하여 차후의 생장기간 동안 튼튼하게 자라 아름다운 꽃이나 충실한 결실을 맺도록 어린 식물체에 경화작업을 하듯 우리도 어려운 환경에 노출되었을 때 그 환경을 극복하도록 최선을 다하여야 한다. 사람들은 어려운 환경에 처했을 때 쉽게 포기하거나 좌절한다. 그러면 당신은 어떤 희망도 어떤 꿈도 이룰 수가 없다. 어려운 환경에 처했을 때 그것을 헤쳐 나가는 용기가 필요하다. 용기를 가지고 그 어떤 일을 대했을 때 극복하지 못할 문제는 거의 없다.

quotation of precious wisdom

아부와 친절을 구별할 줄 알아야 한다

아부와 친절을 구별할 줄 알아야 한다. 뭔가를 원하는 것이 있다면 허리를 숙이는 법이다. 친절하게 행동한다고 해서 완전히 믿어서는 안 된다. 그것은 당신을 좋아해서 하는 행동이 아니라 이용하려는 계책의 하나일 수도 있다. 일시적으로 달콤함을 맛보기 위하여 아첨과 아부에 넘어가는 어리석음을 범하면 안 된다.

quotation of precious wisdom

경쟁하더라도 현명하게 경쟁하라

서로 경쟁할 때 너무 양보를 안 하고 싸우다 보면 그 싸움으로 인하여 엉뚱한 사람에게 이익을 다 넘겨 버리게 될 수 있다. 고사성어에 어부지리라는 말이 있다. 새가 조개의 살을 쪼았다. 그러자 조개는 화가 나서 입을 딱 다물었다. 새와 조개는 양보하지 않고 싸웠다. 그 때 마침 어부가 둘이 싸우고 있는 것을 보았다. 어부는 새와 조개가 싸우고 있는 틈을 타서 둘 다 잡았다. 당신이 치열하게 대립하여 승리를 쟁취하는 것도 좋지만 비슷한 상대끼리 전력을 다해 싸우다 보면 결국에는 이익은 하나도 챙기지 못한 채 서로 손해를 본 후에 다른 사람이 힘들이지 않고 그 이익을 취하게 된다. 당신에게 양보가 필요할 때는 양보를 해야 한다. 그것이 꼭 상대방을 위해서 양보하는 것은 아니다. 양보를 하는 것이 결국 자신을 위하는 길이라는 것을 알아야 한다. 비슷한 힘을 가진 존재들이 너무 치열하게 싸우고 대립하다 보면 결국 자신의 모든 이익을 잃어버릴 수도 있다. 경쟁하더라도 현명하게 경쟁하는 방법을 배워야 한다.

quotation of precious wisdom

기적은
당신 스스로 만드는 것이다

기적은 가끔 일어난다. 그러나 기적이 일어나게 하려면 피눈물 나는 노력이 있어야 한다. 자신이 노력하고 최선을 다하면서 삶의 기적을 바랄 때에만 기적이 이루어질 수 있다. 어떠한 상황에 처하든 자신이 땀 흘려 노력하다 보면 기적은 이루어질 수 있다. 그러나 자신이 땀 흘려 노력하지 않으면 어떤 기적도 절대 이루어질 수 없다.

quotation of precious wisdom

어설픈 치장은 안 하는 것보다 못하다

쥐들과 족제비는 자주 전쟁을 하였지만 그때마다 쥐들이 패하였다. 싸움에 패하는 이유가 대장이 없기 때문이라고 생각한 쥐들은 모두 한자리에 모여 대장을 뽑았다. 대장으로 뽑힌 쥐는 다른 쥐들보다 좀 돋보이게 하기 위하여 뿔을 만들어 머리에 단단히 달았다. 그러나 그 다음 싸움에서도 역시 쥐들이 불리하게 되어 모든 쥐가 구멍 속으로 도망쳐 버렸다. 대장 쥐도 혼자서는 싸울 수가 없었으므로 구멍 속으로 도망치려고 하였으나 머리에 달린 뿔 때문에 들어가지 못하고 결국 족제비에게 잡혀 먹히고 말았다. 어설픈 치장은 자신의 본모습을 숨기지도 못할 뿐더러 자신의 처세에도 방해가 되어 결국 주변으로부터 도태당한다. 살아가면서 자신의 상황을 개선하려고 하는 것도 좋지만 얄팍한 방법으로 하다가는 금방 그 본색이 들통나게 마련이다. 겉모습만을 치장한 까마귀는 결국 그 모습이 드러나 창피를 당하게 되었다. 또 허영심으로 만든 대장 쥐의 뿔은 자신을 죽게 만들었다. 사람들의 삶도 마찬가지이다.

quotation of precious wisdom

소유의 노예가 되어 살아가지 말아라

알맞은 정도라면 소유는 인간을 자유롭게 한다. 도를 넘어서면 소유가 주인이 되고 소유하는 자가 노예가 된다. 아무리 소중한 것이라도 버릴 때가 되었다면 버려야 한다. 그 소유가 당신의 삶에 해가 되고, 당신을 위태롭게 하기 전에 소중한 것이라도 위험에 빠지게 하는 것이라면 버릴 줄도 알아야 한다. 때로는 자신에게 없는 것이 더 좋을 때도 있다.

quotation of precious wisdom

너무 걱정하지 마라

일을 하다 실패하는 것을 너무 걱정하지 마라. 신은 인간을 실패시킴으로써 사람을 단련시킨다. 실패도 기회의 다른 모습일 뿐이다. 지금 어려운 상황에 있다고 절망하지 마라. 이 세상에는 전혀 걱정거리가 없는 사람은 오직 죽은 자뿐이다. 당신의 머리와 가슴에는 보물이 숨겨져 있다. 당신 마음에 깊이 숨겨져 있는 그 곳을 파면 당신의 마음에서는 맑은 물이 솟아날 것이다. 그 맑은 물 안에 좋은 기회들도 같이 솟아난다.

quotation of precious wisdom

욕심은
고통을 부르는 나팔이다

현재 자신이 가지고 있는 것에 대하여 만족하지 못하고 지나친 욕심을 부리게 되면 자신의 처지를 더욱 어렵게 할 뿐이다. 너무 큰 욕심을 부리기보다는 자신을 둘러싸고 있는 삶의 축복 속에서 기쁨을 찾아내는 것이 삶을 행복하게 만드는 것이다. 사람의 괴로움은 끝없는 욕심에 있다. 자기 분수에 맞게 만족할 줄 안다면 마음은 항상 즐겁다.

quotation of precious wisdom

당신에게 기회가 찾아온다면 그 기회를 살려라

기회라는 것은 처음부터 기회의 얼굴을 가지고 있지 않다. 하나의 위기로서 오든지 아니면 하나의 부담으로서 다가온다. 그렇기에 많은 사람들은 기회가 자신에게 찾아왔어도 고민만 하다가 기회를 놓쳐버리는 경우가 많다. 당신도 돌이켜보면 많은 기회를 잃어 버렸다. 당신에게 기회가 왔지만 그것이 기회인지도 모른 채 그냥 흘려보냈고 기회를 위기로만 인식하여 기회를 사장시켜 버린 적이 있다는 것을 시간이 지나 알게 될 적이 많다. 당신에게 닥친 위기나 부담을 회피하지 마라. 어쩌면 그 안에서 겉모습보다도 더 많은 기회들이 당신을 기다리고 있을 지도 모르는 일이다. 만약 어떤 기회가 찾아와 일을 시작하려 할 때 언제부터 시작할까 할 때는 이미 늦는다. 그렇게 생각할 때 당신에게 주어진 기회도 기다리지 않고 지나가 버린다. 기회란 어떤 일이 생각났을 때 그 일을 바로 하는 것이 기회다. 많은 사람들은 자기에게 무수히 많은 기회들이 있었다는 것도 모르고 그냥 지나쳐 버릴 때가 많이 있다. 기회란 바로 당신의 가슴에 늘 깊이 파묻혀 있을 뿐이다.

045

quotation of precious wisdom

손가락이 가리키는 '달'을 보라

문제의 요점이 무엇인지 바르게 파악하면, 절반은 해결한 것이나 마찬가지이다. 자신의 삶에서 무슨 일이 닥치느냐 하는 것은 중요하지 않다. 자신이 그 문제에 어떻게 대응하느냐에 삶의 성패가 달려 있다. 우리가 어떠한 태도를 취하느냐 하는 것은 전적으로 우리 자신의 책임이다. 손가락만 보지 말고 손가락이 가리키는 달을 보라.

quotation of precious wisdom

생각하라 행동이 바뀐다

흔히 엉뚱한 행동이나 이치에 맞지 않는 말을 할 때 우리는 아무 생각 없이 사는 사람이라고 핀잔을 주게 된다. 이처럼 인생을 살아가는 데 가장 중요한 것은 생각이다. 사람은 생각하면서 살아야 한다. 생각을 함으로써 소신과 신념이 생기게 되고 지혜가 나온다. 사람이란 어떤 것을 하기 전에 먼저 생각을 하게 된다. 따라서 의식 있는 모든 것은 생각에서 출발하는 것이다. 아무 생각 없이 내뱉는 말이 당신의 이미지와 인격에 절대적인 손상을 주며 명예를 실추시킬 수 있다. 백 번의 생각은 한 번의 실수를 막아주지만 그 한 번의 실수가 당신에게 중대한 일이라면 당신의 인생을 바꾸게 해 준다. 사무엘 스마일즈라는 사람은 "생각을 바꾸면 행동이 바뀌고, 행동을 바꾸면 습관이 바뀌고, 습관을 바꾸면 인격이 바뀌고, 인격을 바꾸면 운명이 바뀐다."라는 명언을 남겼다.

quotation of precious wisdom

죽 쒀서 개 주지 말자!

다른 사람과 경쟁할 때 앞뒤 가리지 않고 싸우게 되면, 그 싸움을 지켜보던 사람만 이익을 얻게 된다. 처음부터 헛된 싸움은 할 필요가 없다. 그런 일은 보통 양보하는 것만으로도 이길 수 있다.

quotation of precious wisdom

사람은 누구나 완벽할 수 없다

최선을 추구해야지 완벽을 추구해서는 안 된다. 성인으로 일컬어지는 예수와 부처, 공자는 완벽했을까? 아니다. 그들도 기록을 보면 완벽하지 않았다. 성인들도 이런데 보통 사람들은 완벽할 수 없다. 그러기에 완벽을 추구하지는 말라는 것이다. 특히 자신의 삶이 행복하기를 원한다면 완벽을 추구해서는 안 된다. 완벽을 추구하는 사람은 자신을 비하할 수밖에 없다. 사람이라는 존재가 완벽하지 않기에 완벽을 추구하는 사람은 자신이 무슨 일을 하더라도 계속 부족하게만 보인다. 자신이 했지만 마음에 들지 않아 열심히 해 보지만 완벽하지 않기에 결국은 그 일을 처리하지 못하고 쩔쩔 매게 된다. 그리고 자꾸만 더욱더 완벽함을 추구하지만 완벽하게 될 리 없다. 허나 일을 대충 처리하라는 것이 아니다. 최선을 다하고 실수를 줄이려고 노력하는 데에서 좋은 결과를 가져온다는 말이다. 다만 너무 완벽을 추구하다 보면 도리어 일을 망칠 수 있다.

quotation of precious wisdom

욕심을 버리고 하나에 집중하라

사람도 너무 지나친 욕심을 부리다 보면 자신의 손에 있던 이익조차 잃어버릴 수 있다. 사람의 탐욕은 끝이 없다. 욕심이 많은 자는 금을 나누어 줘도 옥을 얻지 못함을 한탄한다. 욕심이 크면 그 욕심을 채우기 위한 걱정이 생긴다. 걱정이 심하면 병이 되며 병이 나면 정신이 흐려진다. 결국 욕심 때문에 육체도 정신도 성하지 못하게 되는 것이다. 반면에 욕심을 버리고 하나에 집중하면 그것을 얻을 가능성은 높다. 이것이 성공의 비결이기도 하다.

quotation of precious wisdom

하루의 일과를 설계하라

매일 아침 눈을 뜨자마자 가장 먼저 하루의 일과를 설계하라. 이것은 하루를 어떻게 보낼 것인가 하는 삶의 설계도를 그리는 일이며, 동시에 우리의 인생을 어떻게 살아갈 것인가 하는 미래와 연결되는 일이다. 계획된 생활은 혼돈과 변덕을 막아주며 우리로 하여금 망설임 없이 일하게 한다. 그것은 하루하루를 의미 있게 낚아 올리는 정신의 그물이다.

quotation of precious wisdom

자신의 현실을 똑바로 보라

만약 자신의 한계와 능력을 제대로 알지 못하고 높이만 쳐다보고 실행한다면 그 결과는 참혹한 모습으로 끝난다. 사람이 한계를 벗어나는 불가능한 일은 하려고 시도해 보았자 헛수고다. 삶을 살아가면서 자신의 한계와 능력을 벗어난 부풀리기를 하지 말아야 한다.

quotation of precious wisdom

좌절을 경험하면 자신만의 역사를 갖게 된

강을 거슬러 헤엄치는 사람만이 물결의 세기를 알 수 있다. 쇼펜하우어의 〈희망에 대하여〉 중에 나오는 말이다. 러시아의 소설가 안톤 체홉은 성적이 나빠 두 번이나 낙제를 했다. 후일 세계적인 작가가 된 그가 국어 때문에 낙제를 했던 적도 있다. 그리고 과학자로 유명한 아인슈타인은 다섯 살이 될 때까지 지진아였다. 그는 그 때까지 말도 제대로 하지 못했다. 이런 두 인물 외에도 많은 위인들의 일화가 있다. 처칠도 낙제를 했던 학생이었고 링컨도 대통령이 되기 전까지 사회의 낙오자로서 수많은 좌절을 겪어야만 했다. 어떤 일에 도전할 때 힘이 부쳐 잠시 쉴지라도 휴식을 취한 뒤에 다시 그 일에 도전해야 한다. 그러면 언젠가는 그 일을 이룰 수 있게 된다. 고난에 빠졌을 때 좌절하거나 포기하지 말라. 어떤 성공이던 그 바탕에는 많은 실패와 좌절이 있다. 우리에게 중요한 것은 실패를 하였을 때 그 원인을 냉철히 분석하고 그 속에 숨어 있는 성공의 열쇠를 찾아내는 일이다. 어떤 역경이 당신에게 닥쳤을 때 그것은 고난인 동시에 하나의 기회라는 것을 명심하라.

quotation of precious wisdom

오늘의 실패는 성공을 위한 재산이다

세상에서 제일 훌륭한 사람은 무엇인가를 실행해서 성공한 사람이고, 두 번째로 훌륭한 사람은 무엇인가 실행하다가 실패한 사람이다. 세 번째는 아무것도 안 하고 성공한 사람이고, 네 번째는 아무것도 안 하고 실패한 사람이다. 어리석은 사람은 해 보지도 않고 먼저 포기해 버린다. 오늘의 실패는 내일의 성공을 위한 좋은 재산이 되는 것이다.

quotation of precious wisdom

말을 많이 하는 것을 스스로 경계하라

말이 많은 것은 모든 사람이 꺼리는 것이다. 진실로 중요한 말을 삼가지 않으면 재화와 재액이 이로부터 시작된다. 옳고 그르고 헐뜯고 기리는 동안에 마침내 몸을 욕이 되게 만든다. 말은 잘만 사용하면 신이 인간에게 준 선물이지만 잘못 사용하면 신이 인간에게 내린 재앙이 된다. 말을 함에 있어 늘 주의를 기울여야 한다. 말을 잘못해 타인에게 씻을 수 없는 상처를 입히는 경우도 있고 타인의 말에 의하여 상처를 받을 때도 있다. 말로 인한 상처는 때때는 칼로 인한 상처보다도 크고 깊을 수 있다. 칼로 인한 상처는 상처가 아물면 잊혀지지만 말로 인한 상처는 아주 오랫동안 사람의 마음속에 머문다. 마음의 상처는 그 어떤 상처보다 깊고 크다. 타인에게 상처가 될 만한 말은 주의 깊게 생각한 다음에 말을 하라. 무심코 내뱉은 말이 상대에게는 씻을 수 없는 상처를 줄 수도 있다. 오늘부터라도 말을 함에 있어 깊이 생각하고 조심해서 말하라.

quotation of precious wisdom

친절과 배려는 미래를 위한 투자다

지금 당장에는 남을 배려하여 자신의 이익을 조금 줄이는 것이 손해인 것 같지만 당신이 조금만 앞을 내다보고 생각한다면 당신이 남을 배려하는 것은 결국 당신의 미래를 위한 배려인 것이다. 당신이 베푼 배려는 언젠가는 다시 당신에게 되돌아온다. 결국 남을 배려할 수 있는 사람이 자신을 그만큼 아끼고 자신을 그만큼 배려하는 사람이다.

quotation of precious wisdom

결정은
항상 깊고 진지하게 하라

어떤 일을 결정해야 한다면 항상 심사숙고하고 관련된 여러 사람들의 의견을 충분히 수렴하여 최선의 방법을 택해야 한다. 그렇지 않으면 물건을 살 때처럼 충동구매를 하고 나서 후회를 하듯이 결정되어 일이 진행될 때 잘못이 발견되어 때늦은 한탄을 하게 된다. '판단은 신중하게 행동은 빠르게' 라는 말처럼, 시간을 가지고 여러 가지 상황을 점검하여 결정을 내리는 것이 바람직하다. 어느 정도 시간을 두고 생각하다 보면 결정하는데 도움이 될 수 있는 새로운 정보가 나오거나 상황이 유리한 쪽으로 흐르는 경우가 생기게 된다. 미리 결정했다면 이런 경우 다시 일을 시작해야 하거나 되돌릴 수 없는 후회를 하게 된다.

quotation of precious wisdom

고집으로는 아무도 이길 수 없다

우리는 욕심이 자신이 세운 처음의 목적은 잊은 채, 그저 욕심에 따라 고집만 부리며 세상을 살아가곤 한다. 당신이 지나치게 자신의 고집대로만 사는 것은 자신의 삶을 망칠 수 있다. 자기 생각만 옳다고 고집하는 사람은 다른 사람의 의견을 제대로 받아들일 수 없다. 어떤 일에 대하여 자기 생각을 주장하기 전에 다른 사람의 말을 들어보라. 우리는 어느 쪽이 옳은지를 비교하는 습관과 태도를 가져야 한다.

quotation of precious wisdom

생각하라

생각하지 못한다는 것은 얼마나 부끄러운 일인가? 사람은 누구나 생각하면서 살아간다. 그러나 그 생각을 어떻게 하느냐에 따라서 그 사람의 삶이 변하게 된다. 머리 속에 잡념이나 욕망을 가득 채우고 살아간다면 아무 생각 없이 사는 것이고 아무것도 이룰 수 없게 된다. 당신이 이전에 부정적인 생각을 가지고 소극적으로 생활해 왔다면 이것 역시 마음을 굳게 먹고 긍정적인 생각으로 바꿈으로써 보다 적극적인 생활을 할 수 있다. 냉철한 판단력과 사고력을 가지고 생각하는 것이 곧 좋은 지혜를 불러일으키게 된다. 항상 좋은 쪽으로 먼저 생각을 하라. 안 된다는 생각보다는 "된다"라는 생각을 먼저 하고 어떤 문제든 소극적인 생각보다는 적극적인 생각을 해야 한다. 그러면 당신의 인생은 불행의 터널에서 벗어나 행복으로 바뀌게 된다.

quotation of precious wisdom

지금보다 신중하면 위험은 반으로 줄어든다

우리 모두는 다른 사람이나 어떤 상황을 섣불리 판단하는 경향이 있다. 사물의 겉모습만을 보고 나서 자신의 마음대로 함부로 판단을 내리는 행동은, 세상을 살아가는 평범한 사람들이 범하기 가장 쉬운 나쁜 습관 중의 하나이다. 단지 보여주는 피상적인 것만이 진실은 아니다.

위대하게 될 기회는 우리 모두의 내부에 있으므로 다른 곳에서 찾을 수는 없다. 당신은 당신이 가지고 있는 것으로 최선을 다하라. 그렇게 한다면 당신은 언젠가는 꼭 성공할 것이고 보람을 느낄 것이다.

:: 73 ::

소중한 지혜의 한 줄

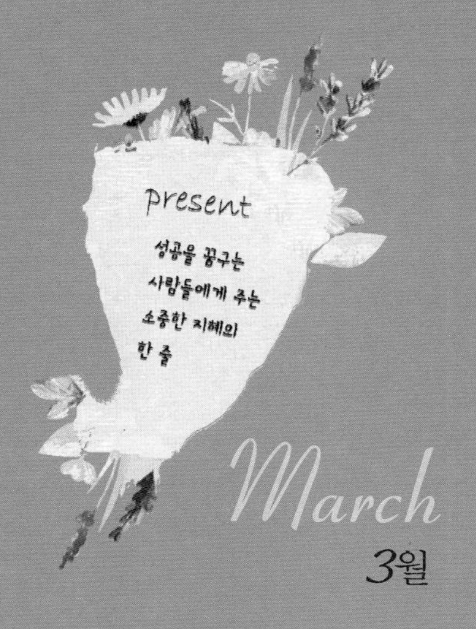
present
성공을 꿈꾸는
사람들에게 주는
소중한 지혜의
한 줄

March
3월

quotation of precious wisdom

아스팔트에서도 뿌리내릴 틈을 찾는다

우리는 과거의 일을 바로잡을 수 없다. 그러나 과거의 문은 이미 닫혀 있지만 미래는 새로운 가능성으로 열려 있다. 사람은 무한한 가능성을 가지고 있고 또한 노력을 통하여 새로운 세계를 개척할 수 있는 힘을 가지고 있다. 민들레는 아스팔트조차 뚫고서 꽃을 피우고, 연꽃은 진흙탕 속에서도 아름다운 꽃을 피운다.

quotation of precious wisdom

건강한 생각은 건강한 행동을 유발한다

행복한 삶을 누리려면 건강을 지켜야 한다. 건강한 육체를 지니고도 건강한 정신을 가지고 있지 못하다면 소극적이거나 부정적인 행동이 나올 것이며, 건강한 정신을 지니고도 건강한 육체를 가지고 있지 못하다면 생각은 올바르나 모든 것이 귀찮아져 생각한 대로 행동하지 못하게 된다. 따라서 건강한 정신을 가지고 건강한 육체를 유지해야 한다. 행동은 사람의 생각에 의해 이루어진다. 행동을 하기 위해서는 당신의 건강에 유의해야 하며, 적극적이고 긍정적인 행동을 하려면 육체와 마음까지도 건강해야 한다.

quotation of precious wisdom

사람은 누구나 위대해질 수 있다

위대하게 될 기회는 우리 모두의 내부에 있으므로 다른 곳에서 찾을 수는 없다. 당신은 당신이 가지고 있는 것으로 최선을 다하라. 그렇게 한다면 당신은 언젠가는 꼭 성공할 것이고 보람을 느낄 것이다.

quotation of precious wisdom

약점을 숨기지 마라

당신에게만 약점이 있는 것이 아니다. 누구에게나 다 약점은 있는 법이다. 대부분의 성공한 사람들의 공통점들을 보면 자신의 장점을 살린 것은 물론 바로 자신의 약점을 잘 활용한 사람들이다. 어쩌면 당신이 가지고 있는 장점은 당신이 어떻게 하지 않고 가만히 내버려두어도 그 역할을 충분히 할 수 있게 되어 있다. 많은 성공 사례들을 살펴보면 약점을 어떻게 활용하느냐에 따라 그 일의 성패가 결정되는 것을 볼 수 있다. 아무리 자신의 약점을 숨기려고 해도 자신의 장점이 드러나듯이 약점도 반드시 드러나게 마련이다. 그렇다면 당신이 자신의 약점을 상대방에게 들키기 전에 스스로 드러내 놓고 승부를 거는 것이 당신에게 더 현명한 방법이다. 약점을 숨기려고만 하지 말고 드러나는 것도 두려워할 필요가 없다. 약점을 보완해 나갈 대비책을 마련하는 것이 더 현명한 행동이다. 약점을 숨기려고만 한다면 결국에는 경쟁자에게 발목만 잡힐 뿐이다.

quotation of precious wisdom

풀리지 않는 일은 전문가의 손을 빌려라

자신이 잘하지 못하는 일에 있어서 비용을 줄이고 자신이 직접 하는 것이 이익인 것 같고 당장에는 어떤 이득을 볼 것 같지만 그리 오래되지 않아 결국 자신에게 손해로 다가온다. 다른 사람이 더 잘할 수 있는 일들은 다른 사람에게 맡기는 것이 유익하다.

quotation of precious wisdom

가끔 요행을 바랄 줄도 알아야 한다

바라는 요행이 당신의 목숨을 담보로 한 요행이 아니라면 어떤 일을 함에 있어서 요행을 바라는 것도 괜찮다. 세상이란 당신의 의지와는 별개로 때때로 요행이 발생하여 일을 좌지우지할 때도 있다. 당신이 최선을 다하여 노력하고 있는 데도 일이 제대로 진행이 되지 않는다면 그 일을 포기하지 말고 그냥 밀고 나가라. 그리고 요행을 빌어보자. 미리 실패의 이미지를 그리면서 포기하는 것보다는 실패의 확률은 높아도, 밀고 나가는 것이 비록 성공 확률이 희박하다 해도 성공의 기회를 박탈당하는 것이 아니다. 포기하는 것은 그것으로 끝이다. 성공 가능성이 희박하다 할지라도 그 일을 밀고 나간다면 아직은 성공의 가능성을 지니고 있는 것이다. 오늘부터라도 일을 하다 벽에 부딪치더라도 자신의 건강이나 생명에 영향이 없는 것이라면 용기를 내어 과감하게 도전해보고 요행도 바라보자.

quotation of precious wisdom

어리석은 배움은 독이 될 수 있다

삶의 불안감을 해소하는 것은 당신이 무작정 자격증과 공부에만 매달린다고 해결되는 것은 아니다. 자신에게 쓸모없는 자격증과 공부에 매달려 시간과 돈을 낭비하게 된다면 지금 하고 있는 일에도 큰 해가 될 수 있다. 자신의 참다운 미래를 준비하려면 남들이 하니까 좇아하는 것이 아니라 자신의 성격, 상황, 능력 등을 고려해서 계획을 세워야 한다.

067

quotation of precious wisdom

급하면 급할수록 여유가 필요하다

일을 하다 조금이라도 막히는 일이 있다면 안절부절 못하고 어찌할 바를 모르는 사람들이 있다. 그러나 어떤 일이든 막히면 기다릴 줄 알아야 한다. 길을 가다 길이 막히면 그 길의 정체가 풀리기를 기다려야 한다. 막히고 있는 곳에서 아무리 조바심을 해봐야 소용없다. 그 길이 풀리기를 기다려야지 차가 날아갈 수는 없다. 당신이 어떤 일을 함에 있어서 불가항력적으로 막힌다면 기다려야 한다. 어차피 기다려야 하는데 조바심을 내고 걱정하고 불안해한다고 그 일이 해결되겠는가? 기다려야 한다면 기다려야 한다. 편하고 여유롭게 기다릴 수 있는 방법을 당신 자신이 터득해야 한다. 급하면 급할수록 여유를 가져야 한다.

quotation of precious wisdom

적어도 빈손은 소유하고 있지 않은가

이 세상에서 자신이 엑스트라 같은 존재일지라도 자신의 삶에 있어서는 그 엑스트라 같은 자신의 존재가 주인공이다. 자신이 가난하다고 좌절하지 말라. 빈손마저도 당신의 소유 목록이니까.

quotation of precious wisdom

차라리 2등을 하라

무조건 일등을 하려고 발버둥치는 습관이 있다면 당신에게 그 습관은 엄청난 부담으로 다가온다. 만약 당신이 일등 만능주의에 빠져 건강과 삶을 희생한다면 일등을 한다고 해도 그것은 참으로 당신의 삶에 있어서 불행한 일이다. 당신에게 많은 희생이 필요한 일등이라면 차라리 이등이 더 낫다.

무조건적으로 일등을 할 필요는 없다. 만약 일등을 한다면 일등이 당신에게 만족감을 갖다 주기는 할 것이다. 그러나 그 만족감을 얻기 위하여 당신이 다른 많은 것을 희생할 필요는 없다. 당신이 등수에 연연하지 않고 자신이 해야 할 일들에 대해 최선을 다하다 보면 큰 희생이 없이도 일등을 할 수 있다.

quotation of precious wisdom

위기는
다시 오지 않는 기회다

삶을 살아 가면서 어떠한 어려운 상황에 처하더라도 자신이 포기하지 않고 최선을 다하여 상황에 맞는 기지를 발휘한다면 위기를 벗어날 수 있다. 위기 상황에서도 집중력을 발휘하고 현명하게 처신한다면 그 위기를 충분히 극복할 수 있다. 위대하고 성공한 사람들은 위기적인 상황에서 그 상황을 자신에게 유리하게 활용하여 위기를 기회로 활용했던 사람들이다.

quotation of precious wisdom

다른 사람들과의 교제를 넓게 하라

특히 열심히 사는 사람들과 교제를 하라. 성공하고 행복한 삶을 살기 위하여 버려야 할 것은 무엇인가. 아마도 당신의 마음속의 걱정, 증오, 공포, 불평, 원망 같은 것들을 버려야 한다. 사람들은 간절히 기대하고 바라던 일이 좌절되면 곧 불행을 느끼고 부정적으로 되고 마는데, 이 때 주위의 성공하고 행복한 사람들과 가까이 하라. 성공과 행복은 전염성이 강하므로, 열심히 살면서 자기 삶에 만족하는 이들의 모습을 보는 것만으로도 당신의 기분이 좋아진다. 반대로 실패와 슬픔도 전염성이 강해 늘 우울해 하거나 불평만 늘어놓고 있는 사람이 있다면 그 실패와 슬픔은 금방 당신에게 전염되어 당신을 슬프게 만든다. 오늘부터라도 행복바이러스를 전파하는 사람이 되어 다른 사람에게 웃음과 행복을 주는 사람이 되자. 그러면 당신이 원하지 않아도 행복과 성공이 찾아온다.

quotation of precious wisdom

당신은 땀으로 보물을 만드는 연금술사다

보물은 어디 먼 데 있는 것이 아니다. 자신이 땀을 흘리는 그 곳에 보물이 숨겨져 있다. 그러나 이런 사실을 깨닫지 못하고 어디 먼 데서 헛된 보물만 찾아 삶을 낭비하는 사람은 결국 자신이 지니고 있는 보물도 잃어버리고 만다. 자신의 참된 보물을 찾고 싶거든 손수 땀을 흘려라. 자신의 땀 속에는 삶의 빛나는 보물이 숨겨져 있다.

quotation of precious wisdom

말하는 것도 배워야 한다

"너는 너의 이야기를 전달하려고 큰 소리로 말하지만 나는 너의 말이 도통 무슨 뜻인지 알 수가 없다."

대화를 나눌 때 왜 이런 일이 생길까? 당신은 자신의 뜻을 전달하려고 그렇게 열을 올리고 있는데 상대방은 당신의 뜻을 전달받기는커녕 당신과 대화를 나누는 것에 대하여 짜증을 내기도 한다. 왜 그럴까? 한마디로 말하는 기술이 부족해서 그런 것이다. 말하는 것도 배워야 한다. 성공하는 사람이 되기 위해서는 누구와도 대화를 나눌 수 있고, 또한 능숙하게 대화를 나눌 수 있는 사람이 되어야 한다. 그것은 당신의 삶을 만들어 가는 과정 중에서 중요한 한 부분을 차지한다. '천 냥 빚도 한마디 말로 갚는다.' 라는 말처럼 말을 잘하면 대인관계가 원만해진다. 그렇다고 해서 아첨을 하라는 것이 아니다. 남을 배려해주는 마음을 가지고 있으면서 진심으로 애기한다면 상대도 그 말을 진심으로 받아들일 것이다. 말은 함부로 쏟아낼 성질의 것이 아니다. 잘하면 약이지만 못하면 독약이 되는 것이다. 말을 할 때는 늘 조심스럽게 해야 한다.

quotation of precious wisdom

심지에 불을 붙이듯 신념에 불꽃을 붙여라

이 세상을 사는 사람들은 신념과 더불어 젊어지고 두려움과 의심으로 인하여 늙어간다. 스스로 자신이 옳다고 믿는 사람은 그 어떤 사람보다 강해지고, 스스로 자신을 의심하는 사람은 이 세상에서 털끝만한 힘도 갖지 못하게 된다. 신념이 있는 사람들은 그 어떤 물리력보다 더 강한 힘을 발휘하게 되고 신념이 없는 사람들은 세상의 그 어떤 미미한 존재보다도 힘을 가지지 못하게 된다. 신념이란 바로 당신의 강력한 힘이다.

quotation of precious wisdom

가치가 있는 사람이 되어야 한다

남이 무조건 당신을 사랑해주지는 않는다. 당신의 말에도 당신의 가치가 묻어 나온다. 오늘부터라도 당신의 말에 당신이 사랑받을 만한 가치가 있다는 것을 보여주어야 한다. 자기가 잘못했을 때 “제가 실수했습니다.”라고 말하기를 꺼리지 말라. 어려움에 닥쳤을 때 다른 사람에게 “도와주십시오.”라고 말하기를 꺼리지 말라. 처음 보았을 때 “안녕하세요.”라고 말하기를 꺼리지 말라. 남이 사과를 했을 때 “괜찮습니다.”라고 말하기를 꺼리지 말라. 연인을 위해 “사랑한다.”라고 말하기를 꺼리지 말라. 싫을 때 “싫다.”고 말하기를 꺼리지 말라. 실수를 했을 때 “미안합니다.”라고 말하기를 꺼리지 말라. 모를 때 “모른다.”라고 말하기를 꺼리지 말라. 남이 잘했을 때 “잘했다.”라고 말하기를 꺼리지 말라. 도움을 받았을 때 “고맙습니다.”라고 말하기를 꺼리지 말라. 이런 말은 많이 하면 할수록 당신의 삶이 풍요로워지고 평화로워진다.

quotation of precious wisdom

자부심이 소인을 거인으로 만든다

지나친 자부심은 경계해야 하지만, 합당한 자기 신뢰는 자아 발전에 없어서는 안 되는 원동력이다. 자유스런 기분으로 자신의 능력과 재능을 뻗으면 얼마든지 뻗을 수 있다는 믿음을 가지고 있어야 한다. 그 길을 막는 사람은 아무도 없다. 단지 자신만이 자신의 발전을 막을 뿐이다. 자부심을 갖자. 자기 자신에 대해 열렬한 지지와 신뢰를 보내자.

quotation of precious wisdom

지나친 욕심은 불행을 부른다

사자가 깊은 잠에 빠져 있는 토끼를 만났다. 사자가 토끼를 막 잡으려고 했을 때, 잘 생긴 젊은 사슴이 지나가는 것을 보고는 토끼를 놔두고 사슴을 따라갔다. 토끼는 시끄러운 소리에 겁을 먹고 깨어나 달아났다. 사자는 오래 쫓았으나 사슴을 잡을 수 없었고 토끼를 잡아먹으러 왔으나 토끼 역시 도망간 것을 보고 사자는 말했다.

"꼴좋게 됐지. 더 큰 걸 얻으려고 내 손에 있는 먹이를 가 버리게 했으니."

이 우화의 교훈처럼 자신이 너무 욕심을 부리다 보면 자신이 다 잡은 고기를 잃을 수 있고 자신이 입에 물고 있던 고기조차도 놓칠 수 있다. 사람도 너무 지나친 욕심을 부리다 보면 자신의 손에 있던 이익조차 잃어버릴 수 있다. 세상의 일이란 그림자를 잡으려고 하면 할수록 자신이 가진 실체를 조금씩 잃어버리게 된다.

quotation of precious wisdom

묘수를 찾지 말고 더불어 악수도 두지 말자

자신이 노력을 하지 않고 얕은 꾀만 생각하다가는 도리어 그 꾀에 자신이 넘어가 더욱 자신을 어렵게 만든다. 살아가면서 묘수를 노리기보다는 악수를 쓰지 않도록 노력해야 한다.

quotation of precious wisdom

자신이 땀을 흘리는 그 곳에 보물이 있다

〈적과 흑〉을 쓴 이탈리아의 대문호 스탕달은 이런 말을 하였다.

"산 속에서 보물을 찾기 전에 먼저 자기 두 팔 안에 있는 보물을 충분히 이용하도록 하자. 자기 두 손이 부지런하다면 그 속에서 많은 것이 샘솟듯 솟아나올 것이다."

인간은 누구나 자기 두 손에 비상한 능력을 보유하고 있다. 자기의 능력을 제 때 발굴하여 나름대로 유용하게 이용하는 사람이 되자. 스탕달의 말처럼 보물은 어디 먼 데 있는 것이 아니다. 자신이 땀을 흘리는 그 곳에 보물이 숨겨져 있다. 그러나 이런 사실을 깨닫지 못하고 어디 먼 데서 헛된 보물만 찾아 삶을 낭비하는 사람은 결국 자신이 지니고 있는 보물도 잃어버리고 만다. 자신의 참된 보물을 찾고 싶거든 손수 땀을 흘려라. 자신의 땀 속에는 삶의 빛나는 보물이 숨겨져 있다.

quotation of precious wisdom

증오는 자신을 해치는 악성 바이러스다

사람이란 불완전한 존재이기 때문에 자신의 감정에 쉽게 휘말려들기도 한다. 그러나 너무나 자주 다른 사람에게 느끼는 분노나 증오는 당신의 삶에 있어 커다란 해악을 끼치는 원인이다. 증오심은 마치 부메랑처럼 증오심을 품고 있는 당신에게로 돌아와 당신을 불행하게 만들 뿐이다.

quotation of precious wisdom

기적은 자신 스스로 만든다

기적은 신만이 만든다고 생각하는 사람은 어떤 기적도 만들 수 없다. 그러나 기적은 신도 만들지만, 자신 스스로도 노력해야 만들 수 있다는 것을 아는 사람은 기적을 만든다. 지금 아무런 노력도 기울이지 않으면서 자신의 삶에 기적이 찾아오길 바란다면 당장에 그만둬야 한다. 스스로 노력을 기울이지 않는다면 어떤 기적도 이루어지지 않는다. 네가 기적을 바란다면 그 기적에 어울리는 노력을 기울여야 한다.

quotation of precious wisdom

스스로
위대한 인생을 창조하라

남의 말을 무조건적으로 수용하기보다는 자신의 상황에 맞추어 취사선택하여 올바른 판단을 내려야 한다. 남의 말을 전혀 듣지 않는 태도도 문제이지만 남의 말을 아무런 소신 없이 무조건적으로 수용하는 태도도 큰 문제이다. 소신이 없는 삶은 들러리에 불과하기 때문이다.

quotation of precious wisdom

많은 친구를 사귀도록 하라

살면서 아무리 강조해도 지나치지 않는 것이 있다면 인생의 동반자이자 조언자인 친구이다. '친구는 하나의 영혼이 두 개의 육체에 깃든 존재'라는 말처럼 친구는 자신을 표출하는 또 다른 자신이다. 친구와 우정을 간직하며 사는 것은 큰 즐거움을 준다. 친구는 어느 한쪽의 희생을 강요하지 않는다. 서로 많은 것을 나누며, 서로 배우며, 항상 서로의 행복을 빌어주는 사이다. 처음부터 모든 것을 이해해주고 모든 것을 나눌 수 있는 사이가 아니더라도 자꾸 만나고 부딪히면서 진심으로 관심을 가질 수 있는 상대를 만들어 서로 편안한 마음을 가지고 이야기하다 보면 그 만남은 우정으로 변하게 된다. 그러기 위해서는 예절과 존경심을 잃지 말아야 한다. 그리고 그것을 지키기 위해서는 항상 노력해야 한다. 이것은 아무리 친한 친구라 해도 서로 간에 지켜야 할 도리이다. 인생의 참 맛을 알게 해주는 친구를 가져야 한다. 친구가 당신을 위해 무엇을 해 줄 것인가를 생각하기 전에 당신이 친구를 위해 무엇을 해 줄 수 있는가를 먼저 생각하고 실천하라.

quotation of precious wisdom

따스한 말 한 마디에 마음이 열린다

바람과 해의 이야기의 교훈처럼 따뜻한 빛이 사나운 바람보다는 더 쉽게 사람의 옷을 벗게 하는 것처럼 인간관계에서 사람의 마음을 열게 해 주는 것은 따스한 마음이 배인 친절이다.

quotation of precious wisdom

스스로 열망하고 갈구해야 얻을 수 있다

한 제자가 어느 날 소크라테스에게 질문을 했다.

"어떻게 하면 지식을 얻을 수 있을까요."

제자의 질문을 받은 그는 제자를 동행하여 바닷가로 갔다. 그는 제자의 머리를 바닷물 속에 밀어 넣었다. 영문도 모르는 제자는 버둥거리며 물 밖으로 머리를 내밀려고 안간힘을 썼다. 가까스로 물 밖으로 머리를 내민 제자에게 그가 물었다.

"너는 물 속에 있는 동안 무슨 생각을 했느냐?"

"단지 숨을 쉬고 싶었습니다. 이 세상 모든 공기를 들이키고 싶었습니다."

그는 웃음을 띄우며 제자에게 말했다.

"네가 모든 힘을 다해 공기를 원했던 것처럼 네가 지식을 얻기를 갈망한다면 반드시 원하는 지식을 얻을 수 있을 걸세."

어떤 것이든 그것을 얻고 싶다면 강렬한 열정이 있어야 한다. 지식도 마찬가지다. 당신이 별로 열망이 없는데 지식이 쌓일 수 없다.

quotation of precious wisdom

목청을 자랑하는 닭은 먼저 목이 비틀린다

사람들도 종종 한때의 허상을 보고 그것을 자신의 참모습으로 여길 때가 있다. 자신의 능력을 비하하는 것은 어리석은 일이지만 또한 함부로 과대평가하는 것도 어리석은 일이다. 목청을 자랑하기 위해 시끄럽게 울어대는 수탉이 다른 닭에 앞서서 목이 비틀리는 상황에 직면하게 된다.

quotation of precious wisdom

자신과 대화하라

스트레스가 많이 쌓이거나 일이 제대로 처리되지 않을 때에는 자신에게 그것들을 털어놓고 이야기해 보자. 혼자만의 공간에서 아무도 듣는 사람이 없다면 아주 큰 소리로 속이 후련해질 때까지 이야기해 보자. 결코 듣기 싫어하거나 짜증을 내는 일도 없고 그로 인해 어떠한 불이익도 당하지도 않는다. 솔직하게 가끔은 과장되게 자신의 모든 것을 털어놓고 대답을 기다려 보자. 의외로 막혀 있던 문제를 쉽게 해결할 수 있는 명쾌한 원인과 대책을 들려주기도 한다. 지속적으로 자신과의 대화를 통하여 문제를 던지고 해답을 얻는 사이 우리들 마음속에는 많은 지혜가 있었음을 발견하게 된다. 오늘부터라도 자신과 대화하라. 또 하나의 내가 있음을 발견하게 된다.

quotation of precious wisdom

말하고자 하는 바를 먼저 실천하라

믿음과 실천은 다른 애기이다. 많은 사람들은 바다처럼 애기를 하지만 그들의 삶은 늪처럼 정체되어 있다. 또 어떤 사람들은 산꼭대기 위로 머리를 치켜들면서도 그들의 영혼은 캄캄한 동굴의 벽에 달라붙어 있다. 믿음과 실천이 함께 움직여야 하는 이유다.

quotation of precious wisdom

누구든 무한한 가능성의 씨앗을 가지고 있다

누구든지 이 세상에 태어날 때, 자신의 내면에는 종류를 셀 수 없는 무한한 가능성의 씨앗을 가지고 있다. 그 씨앗은 주인의 마음가짐과 행동에 따라 불행의 꽃이 필 수도 있고 행복의 꽃이 필 수도 있다. 그 가능성의 씨앗이 제대로 성장하여 어떤 꽃을 피우느냐는 씨앗의 주인인 당신의 손에 달려 있다. 가능성의 씨앗이 싹을 틔우지도 못하고 죽어버리는 것이나 싹을 틔우고 싱싱하게 자라나 푸른 잎과 화사한 꽃을 피우는 것은 모두 자신에게 달려 있다. 그 가능성의 씨앗이 죽지 않고 또 세상의 잡다한 해충들의 공격으로부터 이길 수 있는 것은 그 씨앗의 주인인 당신이 때를 맞춰 물을 주고 세심한 관심을 기울일 때만 가능하다.

quotation of precious wisdom

양심을 배신하는 일만큼 큰 자기학대는 없다

배반당하는 자는 배반으로 인해서 상처를 입게 되지만, 배반하는 자는 한층 더 비참한 상태에 놓여지게 마련이다.

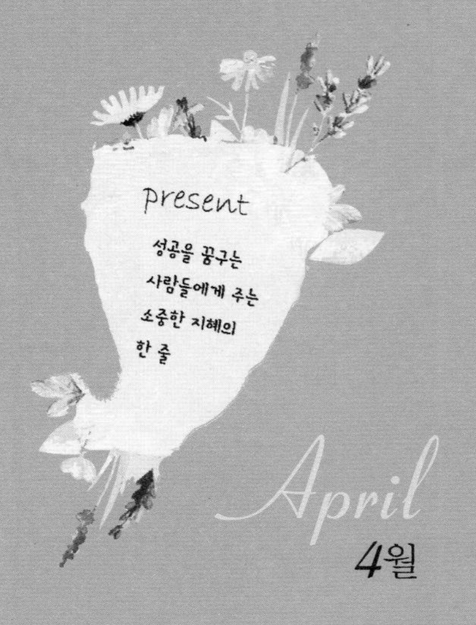
present
성공을 꿈꾸는
사람들에게 주는
소중한 지혜의
한 줄

April
4월

quotation of precious wisdom

모든 것은 내 탓이다

언제까지 남의 탓만을 하고 있을 것인가? 지금도 자신의 삶을 망친 것이 남의 탓이라고만 생각하는가? 당신이 이렇게 사는 것은 남의 탓이 아니다. 자신의 삶을 망친 것은 남이 아니라 바로 자신의 생각이었을 뿐이다. 당신의 행복과 발전을 방해한 것과 당신의 성공을 망친 것은 결코 남의 탓이 아니다. 행복해지기 위해서는 자신의 삶을 망친 것은 바로 자신의 생각이었음을 스스로 깨달아야 한다.

quotation of precious wisdom

창조적 모방과 흉내는 다르다

창조적 모방과 흉내는 다르다. 한 가지 기술에 익숙하면 그 기술을 응용해 다른 기술도 어렵지 않게 얻을 수 있다. 하지만 한 가지 기술에도 익숙하지 않으면서 다른 기술까지 흉내내서는 아무것도 얻을 수 없다.

quotation of precious wisdom

물 한 방울이 바위를 뚫는다

아주 약한 것이라도 어떤 조건이 맞으면 강자에게 이길 수 있다. 아무리 힘이 센 자라고 해도 반드시 절대적인 힘이라고는 할 수 없다. 자신이 상대보다 상대적으로 강하다고 하여 우쭐할 필요도 없고 또한 자신이 상대방보다 약하다고 하여 주눅들 필요도 없다는 것이다.

quotation of precious wisdom

생각이란 보이지 않는 가능성의 씨앗이다

자신이 가진 많은 가능성의 씨앗을 자신이 말라죽게 하고, 세상의 해충들로부터 지켜내지 못하는데 그것이 어떻게 싹을 틔우고 꽃을 피울 수 있겠는가? 자신의 삶의 주인공은 바로 자신이라는 사실을 깨달아야 한다. 그리고 자신에게는 아직도 많은 가능성의 씨앗이 당신 내면에 존재하고 있음을 발견하라. 지금의 삶을 소중히 여기며, 또한 가능성의 씨앗들에 대하여 세심한 관심을 기울인다면 삶은 새롭게 시작된다. 생각은 바로 보이지 않는 많은 가능성의 씨앗이기에 자신에게 행복과 성공을 가져오고 싶다면 먼저 당신의 생각부터 바꾸는 노력을 하라.

quotation of precious wisdom

신중한 사람이 결국 승리한다

자신의 능력을 제대로 파악하지 못하고 우쭐거리다가는 자신의 삶을 망칠 우려가 있다. 또한 어떤 일을 할 때는 신중한 판단을 내릴 줄 알아야 한다. 조급한 판단은 어리석음과 종이 한 장 차이에 불과하다.

quotation of precious wisdom

자신을 개조하고 창조하라

일상을, 자신의 일을 창의적인 행위로 만들라. 그렇게 할 수 있다면 당신에게 주어진 삶은 축복으로 바뀌게 된다. 매일 같은 일을 하더라도 습관적으로 틀에 박힌 방식으로 하지 말고 자신의 개성 있는 방식을 만들어 그 일들을 하라. 창의적으로 일을 처리할 수 있다면, 일은 당신을 속박하는 도구가 아니라 삶을 좀더 윤택하게 하고 삶을 더욱 빛나게 하는 삶의 중요한 도구가 될 것이다.

일을 시작하기 전에 마음속으로 이렇게 다짐하라.

난, 이 세상에 단 하나 밖에 없는 존재이다.

난, 내 일을 즐겁게 해낼 수 있는 현명한 사람이다.

난, 어떤 일이든 처리할 수 있는 재능을 가지고 있다.

난, 남들과는 다르게 일을 처리할 수 있는 창의적인 능력이 있다.

내 일상의 일들은 나 자신은 물론 내 가족, 내 주변의 모든 사람들을 위한 축복이다.

quotation of precious wisdom

가장 고귀한 복수는 용서다

때때로 사람들은 다른 사람에게서 좋지 않은 대접을 받으면 같은 행동양식으로 그 사람에게 복수를 한다. 결국에는 서로 복수를 하다가 자신들의 삶만 망치는 결과를 가져온다. 마음에 복수심이 든다면 당신이 잠시 힘들더라도 관용의 미덕을 베풀 줄 알아야 한다. 삶에 있어 가장 좋은 복수는 당신이 너그러운 마음으로 복수의 대상을 용서하는 것이다.

quotation of precious wisdom

인정과 우정 속에 사는 아이는

비난 속에 사는 아이는 남 헐뜯는 사람 되고, 미움 속에 사는 아이는 싸움하는 사람 된다. 조롱 속에 사는 아이는 수줍음 타는 사람 되며, 참음 속에 사는 아이는 끈기 있는 사람 된다. 격려 속에 사는 아이는 자신감이 넘치고, 칭찬 속에 사는 아이는 감사할 줄 알게 된다. 공정 속에 사는 아이는 정의로운 사람 되고, 안정 속에 사는 아이는 믿음 있는 사람 된다. 인정과 우정 속에 사는 아이는 온 세상에 사랑이 충만함을 배우게 되리라.

quotation of precious wisdom

게으름은 살아 있는 사람의 무덤이다

게으름은 자신을 파멸시키는 요인 중에 가장 큰 요인이다. 날마다 자신의 일을 미루고 게으름을 피우게 된다면, 결국에는 나날이 늘어나는 삶의 짐을 지면서 삶의 언덕에서 허덕거리고 말 것이다.

quotation of precious wisdom

상상만으로도 행복을 경험할 수 있다

삶에 지치거든, 즐거움을 가져다주는 일들을 생각해 보라. 엉뚱한 것이라도 무방하다. 즐거운 상상들을 생각해낼 수 있다면 삶은 틀림없이 유쾌해진다. 삶에 지치거든, 당신의 소망을 머리 속에 그려보아라. 삶이 어렵다고 모든 것들을 포기한 채, 그냥 멍하니 빈둥거리지 말고, 삶으로부터 조금은 미루어 두었던 당신한테 삶의 활력을 가져다주는 소망에 대해 생각해 보라. 소망은 당신의 삶에 새로운 활력을 가져다준다. 삶에 지치거든, 당신에게 힘을 주었던 노래를 생각하라. 기억이 난다면 소리 내어 불러 보아라. 박자가 틀리고 가사가 틀려도 무방하다. 힘을 주는 노래를 생각해낼 수 있다면 삶은 그 노래로 인하여 당분간은 위안이 될 수 있다. 삶에 지치거든, 즐거운 상상을 하라. 소망을 생각하라. 자신에게 힘을 주었던 노래를 생각하라. 자신도 모르는 사이에 삶이 유쾌해진다.

quotation of precious wisdom

자랑이야말로 자신을 옭아매는 일이다

자기 자랑으로 높은 평가를 받는 사람은 없다. 자신은 누구의 후손이며, 또 누구와 친하다든지 혼자서 양주 몇 병을 마셨다느니 하는 자랑은 자신의 인격을 드러내 보이는 것이다. 자랑은 자신을 치명적인 위험에 빠뜨리기도 한다.

quotation of precious wisdom

세상을 지배하는 신도 내 안에 있다

자신의 내면을 보라. 그리고 자신이 얼마나 소중하고 특별한 사람인지 깨달아라. 당신이 모를 수도 있지만 당신의 가슴속에는 현명함이 있고 지혜로움이 있다. 그리고 따뜻함과 여유로움이 있고 용기가 숨쉬고 있다. 그것들은 당신의 가장 가까운 벗이며 삶의 길잡이며 조언자이다. 그것들은 고난 속에서도 곁에 있었으며 너무 큰 불행 속에서도 위로해 주었으며 길을 잃었을 때는 길을 찾도록 도와주었다. 자신의 존재를 인식하고 자신을 바로 볼 수 있다면 깨달을 수 있다. 그것들은 늘 마음속에 있었고 앞으로도 늘 자신과 함께 할 것이라는 것을 알 수 있다. 자신의 참다운 존재를 발견하고자 한다면 내면의 소리에 언제나 귀 기울이고 자신의 마음을 열어 두는 노력이 필요하다.

quotation of precious wisdom

단점이
가장 빛나는 보석이 될 수도 있다

자신의 단점은 작은 흠집과 같다. 숨기거나 감추려고만 하지 말고 과감히 새로운 장점으로 만들어 내라. 대부분의 사람들은 자신들의 장점과 재능을 가꾸거나 빛내지 못하기에 그것을 단점으로 알고 살아가고 있다.

quotation of precious wisdom

기적을 일으키는 힘은 자신에게 있다

자신이 아무런 일도 하지 않으면서 기적만을 바란다면 삶에는 아무런 변화가 없고 도리어 정체되어 후퇴할 뿐이다. 자신이 노력하고 최선을 다하면서 삶의 기적을 바랄 때 기적이 이루어질 수 있다. 미국의 유명한 인권지도자인 킹 목사의 일화 중에 이런 이야기가 있다. 그는 젊었을 때 수레를 끌고 언덕길을 올라가는데 워낙 무거워서 누군가가 뒤에서 수레를 밀어주어야 했다. 그래서 그는 수레를 세우고 사람들이 지나가는 길에 우두커니 서서 수레를 밀어줄 사람을 기다렸다. 그러나 그 누구도 수레를 밀어주겠다고 나서는 사람은 없었다. 그 누구도 수레를 밀어줄 생각은 않고 그냥 그의 곁을 지나쳐 갔다. 그는 하는 수 없이 무거운 수레를 끌고 언덕을 오르기 시작했다. 곧 그의 온 몸에 땀이 비 오듯 쏟아지고 숨이 막혀 왔다. 바로 그 때 그 힘든 모습을 본 어느 행인이 뒤에서 수레를 밀어 주기 시작했다. 스스로 깨달아야 한다. 바로 기적을 일으키는 힘은 자신에게 있다는 것을…. 어떠한 상황에 처하든 자신이 땀 흘려 노력하다 보면 기적은 이루어질 수 있다.

quotation of precious wisdom

나무는 클수록
그 뿌리가 깊고 단단하다

꽃은 만개할 시기가 되면 피어나고 달은 차면 기운다. 융성한 기운이 있으면 몰락도 있기 마련이다. 쉬지 않고 돌아가는 수레바퀴도 언제인가는 멈추게 된다. 어떠한 대비도 하지 않는다면 불현듯 다가온 위기와 불행에 당신은 아무런 힘도 쓰지 못하고 당하고만 있을 것이다.

quotation of precious wisdom

때로는 거짓말도 필요하다

살아가면서 한 번 신용을 잃게 되면 아무도 그의 말을 믿지 않는다. 어떤 이유에서건 자꾸만 거짓말을 반복하다 보면 결국 그 거짓말로 인하여 자신의 삶을 망치게 된다. 주변의 사람들이 처음에는 그 거짓을 믿어줄지 모르지만 당신의 거짓말이 몇 번 반복되면 그 말을 믿어줄 사람은 아무도 없다. 결국 당신이 진실을 말해도 그 전에 한 거짓말로 인하여 당신의 진실도 거짓으로 믿어 버리게 된다. 거짓말로 한두 번의 이익을 얻을 수도 있지만 그 이익은 오래가지 않고 더 큰 손해가 당신을 기다리고 있다. 세상을 살아가면서 기본적으로 정직해야 한다. 그러나 곧이곧대로 언제나 사실을 사실대로만 말하고 살아간다면 그것이 살아감에 있어서 최선의 방법일까? 살아가면서 필요하다면 때로는 거짓말도 필요할 때 하는 것은 현명하다.

quotation of precious wisdom

말과 행동은 한 몸이어야 한다

말로는 그럴듯하게 말하고 행동은 그렇게 하지 않는다면 결국 다른 사람들로부터 배척을 당하고 만다. 사람은 말과 행동으로 인하여 다른 사람들로부터 평가를 받는다. 그렇기에 말은 예절을 지키면서 훌륭한 것을 말해야 하며, 행동도 예절을 지키면서 부끄럽지 않게 해야 한다.

quotation of precious wisdom

친구가 어려울 때 도와줄 수 있어야 한다

좋은 사람이라는 것은 좋은 시기에 알 수 있는 것이 아니라 어려운 시기에 알 수 있다. 같이 일을 하거나 같이 길을 가다가 위기에 처했을 때 자신만 살겠다고 하는 사람은 결국 다른 사람으로부터 배척을 당하고 만다. 위기에 처했을 때 자신의 위기를 벗어나는 것도 중요하지만 그렇다고 해서 다른 사람을 위기에 몰아넣고 자신만을 생각하면서 상대방을 생각하지 않는다면 그 일로 인하여 그 사람은 배척당하고 만다. 세상을 살아가면서 가장 가치 있는 일 중의 하나는 자신이 가장 어려운 시기에도 끝까지 남아서 용기를 주는 친구를 사귀는 일이다. 그렇게 하려면 먼저 당신이 솔선수범을 보여야 한다. 친구를 배려하고 친절과 동정을, 때로는 비판과 충고를 해줄 수 있어야 한다. 특히 친구가 어려울 때 도와줄 수 있어야 한다. 양심과 지식에 의해 두터운 우정을 쌓아가는 사람들을 친구로 삼아라. 또한 배울 것이 있는 사람들을 친구로 삼아라. 우정 어린 교제는 지식의 학교이며 즐거움이 있는 가르침이다. 그리고 명예심이 있는 사람들을 친구로 삼아라.

quotation of precious wisdom

세 치 혀가 사람을 살리거나 죽인다

말에 실수가 없는 사람은 온 몸을 잘 다스릴 수 있는 완전한 사람이다. 이처럼 혀도 인체에서 아주 작은 부분에 지나지 않지만 엄청나게 허풍을 떤다. 아주 작은 불씨가 큰 숲을 불살라 버릴 수도 있다.

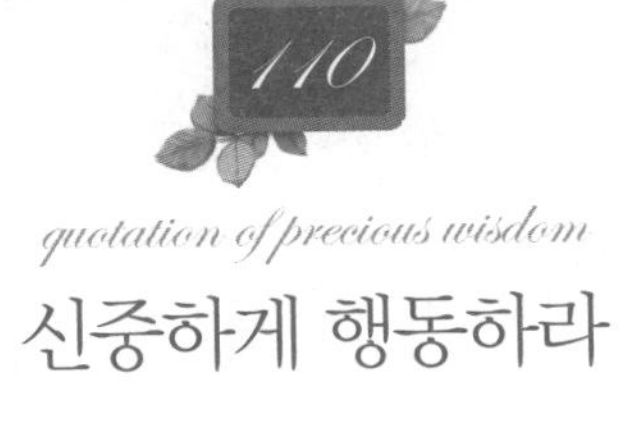

quotation of precious wisdom

신중하게 행동하라

자신의 능력을 제대로 파악하지 못하고 우쭐거리다가는 자신의 삶을 망칠 우려가 있다. 또한 자신의 능력 이상의 지위를 얻었을 경우에는 자신의 부족함을 인식하여 늘 신중하게 생각하고 처신을 잘 해야 한다. 자신의 작은 능력을 자만하여 함부로 행동했을 때는 결국 자신의 삶을 망치고 만다. 또한 어떤 일을 할 때는 신중한 판단을 내릴 줄 알아야 한다. 조급한 판단은 어리석음과 종이 한 장 차이에 불과하다. 아무리 똑똑한 사람이라도 중요한 결정을 서둘러 내린다면 실수할 가능성이 크다. 한 번 쏟아진 물은 다시 담기 힘들다. 이미 내린 결정 또한 되돌리기 어렵다. 어떤 일을 할 때, 심사숙고하는 것은 지혜의 길로 가는 첫 걸음이다. 아무리 급한 일이 있다고 해도 신중하게 행동하라. 지혜가 부족한 바보들은 일의 순서를 제대로 모른다. 바보가 마지막에 하는 일을 현명한 자는 처음에 한다. 둘 다 같은 일을 하지만 때가 다르다. 현명한 자는 일을 시작하기 전에 신중하게 생각하나 바보들은 일을 당하고 나서야 신중하게 생각한다.

quotation of precious wisdom

이기심은 사람의 눈 속에 있는 티끌이다

사람들은 때때로 자신의 이익을 위하여 교묘한 논리로 다른 사람을 속이려고 한다. 그러나 그것은 다른 사람들로부터 또 다른 불신을 가져와 당신이 따돌림 당하는 원인이 된다. 다른 사람들을 먼저 배려했을 때 당신도 같은 대접을 받을 수 있다.

quotation of precious wisdom

자신의 삶을 그 누구도 대신 살아줄 수 없다

어느 누구에게 자신의 삶을 맡길 것인가? 자신에게 아무리 잘해준다 해도 부모는 부모일 뿐, 자신과 아무리 친하다 한들 친구는 친구일 뿐, 자신과 아무리 사이가 좋다 해도 연인은 연인일 뿐 그들이 당신이 될 수는 없다. 삶이란, 자신이 스스로 세상을 살아가는 과정이다. 주변의 사람들이 주는 도움은 당신에게 도움은 될지언정 당신 전부의 삶이 될 수는 없고, 주변의 방해도 당신에게 일부 방해는 될지언정 당신 전부의 삶이 될 수는 없고, 주변의 사람들이 해주는 말들도 당신의 삶에 참고가 될지언정 당신 삶의 전부가 될 수는 없다. 만약 주변의 도움과 방해, 그리고 주변의 말들에 의해 당신이 좌지우지되고 그것들에 휩쓸리다 보면, 당신은 점차적으로 자신을 점점 잃어버리게 될 것이다. 삶의 주인은 누가 뭐라고 해도 당신 자신일 수밖에 없다. 당신의 생각으로, 멋으로 이 세상을 살아가라. 그리고 삶에서 파생되는 모든 문제에 대해 당신이 책임을 져라. 삶의 법칙이 이렇기에 행복은 스스로 발견하고 스스로 만들어 나갈 수밖에 없다.

quotation of precious wisdom

사람은 믿음을 잃었을 때 가장 비참해진다

사람을 신뢰할 만한 사람으로 만드는 유일한 길은 그를 신용하는 것이다. 그를 신뢰하지 못할 사람으로 만드는 가장 확실한 길은 그를 불신하여 그대의 불신을 그에게 보여 주는 것이다. 가정이든 사회의 한 조직이든 거기에 불신으로 인해 불평불만이 넘쳐나면 그 조직의 힘은 급속하게 약화되고 결속력이 떨어지는 결과를 가져온다.

quotation of precious wisdom

날마다 자신을 새롭게 가꾸자

만약 변화를 꿈꿀 수 없다면, 그것만큼 삶을 지치게 하는 것도 없다. 당신도 잘 알겠지만 일상은 쉽게 변하지 않는다. 자신에게 매일같이 같은 생활이 반복되다 보면 내일에 대한 희망은 점점 사라져가고 점점 무기력해진다. 이런 생활이 오래되다 보면, 당신을 금방 지치게 만든다. 그렇다고 주저앉지는 말자. 그런 때일수록 삶에 작은 변화가 필요한 시기이다. 자신의 사정이 허락하는 한 가까운 곳이라도 여행을 떠나고, 자신의 사정이 허락하는 한 영화도 한 편 보고, 이것들도 여의치 않다면 노트를 한 권 마련하여 새로운 삶에 대한 당신의 계획을 세워보자. 바라는 것, 가고 싶은 곳, 가지고 싶은 것, 삶을 윤택하게 해 줄 수 있는 것 등 이런 것들을 노트에 적다 보면 당신의 지친 삶에 점점 활기를 되찾을 수 있다. 자신이 삶에 지치고 무기력해졌다고 느꼈을 때, 스스로 작은 변화라도 꾀해 보자. 삶에 지쳤다고 아무것도 안하고 무기력하게 하루하루를 맞다 보면, 당신은 점점 더 지쳐만 갈 것이다.

quotation of precious wisdom

내가 베푼 친절은 반드시 돌아온다

지혜로운 사람은 이해관계를 떠나서 누구에게나 친절하고 어진 마음으로 대한다. 왜냐하면 어진 마음 자체가 나에게 따스한 체온이 되기 때문이다. 친절은 세상을 아름답게 한다. 모든 비난을 해결한다. 얽힌 것을 풀어헤치고, 곤란한 일을 수월하게 하고, 암담한 것을 즐거움으로 바꾼다.

quotation of precious wisdom

행복은 자신의 마음속에 있다

사람들의 삶에 대하여 생각해 보면 이 세상에 존재하는 대부분의 사람들은 결국 행복해지기 위하여 세상을 산다는 것을 알 수 있다. 스스로 불행을 원하는 사람은 세상에 단 한 사람도 없다. 이 세상에 존재하는 것은, 또 이 세상을 사는 것은 결국 자신이 행복해지기 위함이다. 행복이란 무엇인가? 행복은 바로 이 세상을 살아가는 자신의 마음 상태이다. 행복이 마음 상태에 따라 느끼는 것이기에 행복을 여는 열쇠는 결국 자신의 마음속에 있다. 행복과 불행을 만드는 것은 이 세상의 다른 어떤 것도 아니라 바로 당신이다. 오늘 당신이 행복해지기 위하여 행복의 길을 선택하고, 당신의 열정과 창의, 그리고 용기를 다하여 행복의 길을 걷기 시작하라. 지금부터라도 행복해져야 한다. 그것이 당신이 사는 진정한 이유이다.

quotation of precious wisdom

친절해서 손해 볼 것은 아무것도 없다

그릇이 큰 사람은 남에게 호의와 친절을 베풀어주는 것을 자신의 기쁨으로 삼는다. 다른 사람에게 어떤 좋은 일을 할 수 있거나 어떤 친절을 보일 수 있다면, 지금 곧 행하라. 왜냐하면 나는 다시는 이 길을 지나가지 않을 테니까.

quotation of precious wisdom

창조적인 발상은 나로부터 나온다

많은 사람들이 자신의 존재조차도 모르고 살아가는 경우가 허다하다. 삶을 제대로 살려면 자신의 존재를 제대로 인식할 수 있어야 한다. 자신이라는 존재는 이 세상에서 오직 하나뿐인 독창적인 존재이다. 당신이 이 세상에서 어떤 일을 하든 그 일의 결과는 바로 이 세상에서 단 하나뿐인 독창적인 존재인 당신이 독창적인 결과를 이 세상에 창조하고 있다는 것이다. 이 사실을 당신 스스로 깨달아야 한다. 세상의 어떤 사람이 당신을 비난하여도 당신은 이 세상에 하나밖에 없는 고귀한 존재라는 사실을 스스로 인식하여야 제대로 된 삶의 길은 열리게 된다. 당신에게 있어 이 세상에서 어떤 것보다도 가장 고귀한 존재인 자신, 자신을 위하여 오늘 삶의 목적을 만들고, 그 목적을 이루기 위하여 길을 떠날 채비를 하여라.

quotation of precious wisdom

자신의 전부를 타인에게 맡기지는 마라

신뢰할 수 있는 사람이 곁에 있다면 당신은 행복한 사람이다. 그러나 당신의 전부를 맡기지는 마라. 마지막 보루를 남겨둔다 해도 그 사람으로부터 불신을 사지는 않을 것이다. 무엇보다 당신의 운명이 걸린 일이라면 첫 번째로 당신 자신을 믿어라.

quotation of precious wisdom

권리는 의무이자 책임일 수 있다

당신은 행복해질 권리가 있다. 그리고 이 세상에 존재하는 모든 것들도 행복을 추구할 권리가 있다. 당신을 비롯하여 다른 사람들도 그 권리를 갖기 위하여, 그리하여 자신이 행복해지기 위하여 오늘도 노력하는 것이다. 삶의 목적은 단 하나인지도 모른다. 어려운 세상에서도 우리가 삶을 지탱하고 살아 나가는 것은 바로 자신이 행복해지기를 바라는 목적 때문일 것이다. 살다보면 때때로 당신이 의도한 대로 삶이 진행되지 않고 전혀 의도하지 않은 방향으로 갈 때, 당신은 행복의 길에서 점점 멀어지는느낌을 갖게 된다. 그럴 때는 빨리 우울한 느낌을 떨쳐버려라. 그런 느낌이 깊어지고, 오래 빠져 있게 된다면 당신은 정말 불행하게 된다. 비록 지금 슬픔과 우울함에 빠져 있지만 그 때마다 당신의 환경만을 탓하지 말고 행복을 위한 작은 노력과 믿음을 기울여라. 그렇게 할 수 있다면 지금보다 훨씬 행복해질 수 있다.

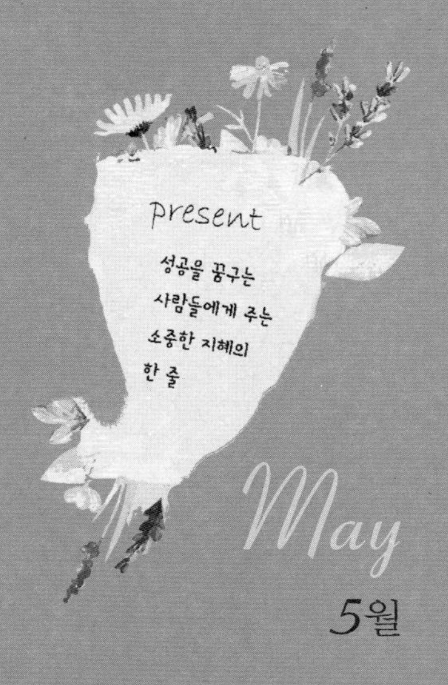
present
성공을 꿈꾸는
사람들에게 주는
소중한 지혜의
한 줄

May
5월

quotation of precious wisdom

스스로 높일수록 낮아지는 게 인격이다

현명한 사람은 깊이가 깊을수록 자신을 낮춘다. 자신의 능력에 대해 겸손한 태도를 갖추는 것이 성장의 출발점이다. 사람은 자신이 잘 나갈 때일수록 겸손함을 가지는 것이 중요하다. 잘난 체하는 것은 시기와 질투를 부르고 따돌림의 빌미가 된다.

quotation of precious wisdom

행복의 조건은 자신을 사랑하는 데 있다

자신이 왜 존재하며, 자신이 이 세상에서 진정으로 바라는 것이 무엇인지조차도 모르고, 하루하루를 그냥 살아가는 사람들이 많다. 그리고 자신에 대하여 깊이 생각하지도 않으며, 자신을 알기 위해서도 노력을 기울이지 않고 있다. 또한 남한테도 관심을 기울이지 않는다. 자신을 잘 알고 있는 것 같지만 실상, 당신을 비롯하여 많은 사람들이 자신을 모르며 살아가고 있다. 당연히 사람들은 '자신'에 대하여 알지 못하며 자신의 '진정한 모습'에 대한 인식도 가지고 있지 않다. '자신'을 알게 된다면, 그리고 자신이 바라는 것이 무엇인지 알게 된다면 행복해질 수 있는 기초를 마련하는 것이다. 자신에 대하여 잘 알지 못하기에 바라는 것을 이룰 수 있다는 생각을 잘 받아들이지 못하고, 마음속에 있는 행복을 자꾸만 바깥에서만 찾으려고 한다. 이러니 당신에게 행복이 찾아올 수가 있겠는가? 또한 자신을 잘 모르기에 삶의 긍정적인 측면보다는 삶의 부정적인 측면을 자신의 운명인 양 받아들인다. 습관적으로 자기 파멸적인 생각을 하며 불행을 불러오며 살아간다.

quotation of precious wisdom

올바른 판단력이 실력이다

어떤 일은 할 때 판단을 잘못하면 자신을 위험하게 만든다. 성급하고 깊이 없는 판단은 자신의 삶을 더욱 어렵게 하고 때때로 그 판단은 자신의 삶을 돌이킬 수 없을 정도로 망쳐버리고 만다. 너무 확신하는 버릇도 가지지 말아야 한다.

quotation of precious wisdom

나는 이미 많은 것을 소유하고 있다

왜 생각하지도, 보지도 않고 포기하는가? 지금 당신의 주변을 살펴보라. 당신이 그토록 바라는 삶을 아름답게 가꿀 소재들은 당신의 주변 어디서든 존재하고 있다. 자신의 삶을 지금보다 더 아름답게 꾸미고 싶은 욕구가 있지만, 당장 여유가 없다는 이유로 삶을 아름답게 꾸미기를 포기하는 경우가 종종 있다. 그러나 자신의 삶에 아름다움을 추구하는 것을 포기한다는 것은 결국 지금보다도 더 여유를 잃어버리고 삶을 삭막하게 만들 뿐이다. 자신에게 솟구치는 아름다움을 추구하는 감정을 부인하거나 무시할 필요가 없다. 당신이 조금만 더 깊게 생각하고 당신의 주변을 주의 깊게 관찰한다면 삶을 아름답게 해줄 소재는 당신의 주변에서 늘 당신을 감싸고 있다는 것을 발견할 수 있다. 삶에 더 많은 아름다움을 받아들일 마음의 자세가 되어 있다면, 아름다움은 당신 삶에서 빛을 발할 것이다. 그리고 그 빛은 삶을 아름답게 가꾸는 밑거름이 되고 당신을 행복하게 만든다.

quotation of precious wisdom

위기는 방심하는 사람만을 겨냥한다

위기는 우리 자신도 모르는 사이 찾아올 수 있다. 하지만 그 위기를 극복하지 못하는 사람이 있는가 하면, 위기를 멋지게 이겨내는 사람도 있다. 위기는 방심하는 사람만을 겨냥한다. 언제나 준비하며 살아가는 사람에게는 위기가 닥친다 하더라도 좋은 경험이 될 뿐이다.

quotation of precious wisdom

변화는
또 다른 시작이다

오늘, 자신을 위해 주변 환경을 좀더 나은 환경으로 변화시키기 위해 노력을 기울여라. 자신의 주변 환경을 변화시키고자 자신이 작은 정성이라도 기울인다면 후에 아무런 일도 하지 않는 것하고는 너무나 큰 차이가 발생한다. 마음을 무기력하게 하고, 마음을 어지럽게 하는 주변 환경을 활력이 가득 차고 집중력을 발휘할 수 있는 환경으로 개선하자. 거창하게 시작하지 않아도 된다. 조금만이라도 자신을 위해 주변의 환경을 변화시키는 것에 정성을 기울이자. 이런 작은 정성을 쏟음으로써 당신의 삶에 새로운 기운이 넘쳐나게 된다.

quotation of precious wisdom

인생은 단 한 번뿐인 경험이다

자신이 경험한 삶의 고난이 우리에게 삶을 배우게 하고 삶의 상처를 이길 수 있도록 인도한다. 사람들은 가슴을 찌르는 깊은 아픔을 느끼고 난 다음에야 비로소 삶의 행복과 삶의 의미를 알 수 있다. 현명한 사람은 고난이라는 경험으로부터 많은 것을 배운다. 고통스러운 경험이란 삶에 많은 도움을 주는 보석 같은 가치를 지닌 지혜들이다.

quotation of precious wisdom

변신은 아름다운 삶을 위한 첫 번째 미덕이다

자신의 모습을 거울에 비춰 보아라. 거울에 비친 자신의 모습 때문에 짜증이 나지는 않는가? 만약 짜증이 난다면 당신은 변신을 시도해야 할 때가 온 것이다. 벌써 늙어버린 것만 같은 마음과 몸, 활력 없는 얼굴과 무거워진 몸, 그런 자신을 지켜보고 있노라면 누구든지 우울해진다. 그렇다고 해서 그런 모습을 인정해 버리고 받아들인다면 더 이상의 발전은 기대할 수 없으며, 그나마 있던 삶의 활력도 급속도로 쇠퇴해 버린다. 용기를 내어 변신을 시도할 때다. 먼저 주변의 작은 일부터 변신을 시도하라. 가장 강조하고 싶은 것은 외모에 대한 관리와 함께 몸에 대한 관리를 시작하라는 것이다. 옷을 단정하게 입고 외모를 청결하게 하는 것도 중요하다. 그러나 더 중요한 것은 몸에 근본적으로 변화를 주는 운동을 시작하는 것이다. 끈기 있게 운동을 하라. 운동은 자신과의 싸움인 것이다. 운동을 지속적으로 하는 사람들은 그만한 보답을 얻는데, 바로 건강과 성취감을 얻을 수 있다. 이런 실천을 통해 자신을 가꾸는 사람이 행복을 누릴 수 있다.

quotation of precious wisdom

질투는 행복을 파괴시킨다

질투로 인하여 자신을 망치지 말아야 한다. 이 세상에 흠 잡힐 것이 없을 정도로 완벽한 것은 없다. 질투는 어떤 것보다 더 빨리 당신을 죽이는 것이다. 무엇이건 간에 질투하지 말라. 질투는 당신이 아름다운 생활을 하지 못하게 막는 것이다.

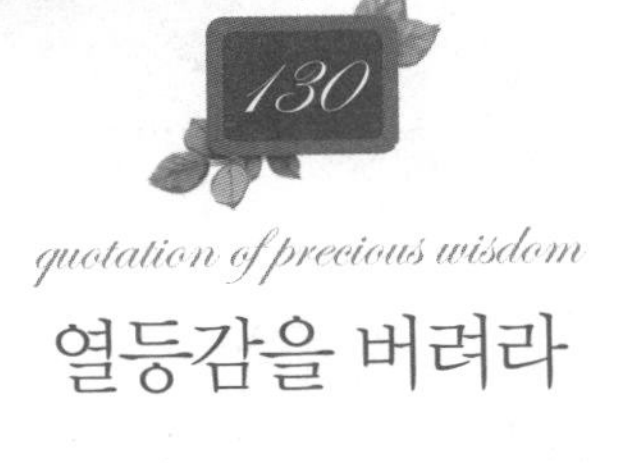

quotation of precious wisdom

열등감을 버려라

만약 열등감을 가지고 있다면 빠른 시일 내에 버리는 것이 현명하다. 다른 사람의 것이 당신의 것보다 좋고, 당신이 가지고 있지 못한 것을 다른 사람이 가지고 있다고 생각하지만, 다른 사람은 당신을 보면서 거꾸로 그렇게 생각하고 있는지도 모른다. 당신이 처한 상황이 어떤 사람이 처한 상황보다도 가장 어렵고 고통스럽다는 생각을 한다. 하지만 당신이 상대방과 입장을 바꿔 놓고 생각해 보면 그 생각이 얼마나 잘못된 것인지 깨달을 수 있다. 열등감을 버려라. 세상의 행복이나 불행은 상대적인 것이라는 사실을 깨달아라. 당신이 보기에 상대방이 무조건 행복해 보이지만 상대방은 그 사람 나름대로 인생이라는 고통의 무게를 짊어지고 사는 것이다.

quotation of precious wisdom

행복의 다른 이름은 만족이다

사람들이 행복하게 사는 방법 중의 하나는 스스로 행복의 눈빛으로 세상을 바라보는 일이다. 목마른 자만이 물의 소중함을 알고 배고픈 자만이 음식의 고마움을 깨닫고 피곤한 자만이 휴식의 가치를 안다. 어떤 불만으로 해서 자기를 학대하지 않으면 인생은 즐거운 것이다. 행복이란 스스로 만족하는 점에 있다.

quotation of precious wisdom

일을 신명나게 하라

행복한 삶을 사는 방법 중의 하나는, 바로 자신이 원하는 일을 신명나게 하는 것이다. 누군가 이렇게 말했다. '일이 지옥이라면 세상은 지옥이다' 라고, 당신은 물론 세상을 살아가는 사람이라면 누구든지 일을 해야 한다. 일이란 자신의 삶을 영위하기 위하여 절대적으로 필요한 요소이다.

이런 자신의 일이 지옥과 같은 것이라면 당연히 그 사람의 세상은 지옥이 된다. 즐기면서 일을 할 수 있다면, 삶은 행복하고 반대로 일을 하면서 지옥과 같이 느낀다면 삶은 지옥이 된다. 오늘 당신의 일을 하라. 신명나게 할 수 있는 일을 하라. 노예 같은 일이 아니라 진정으로 원하는 일을 하라.

발전하는 자신을 만들 수 있는 일을 하라. 즐기면서 일을 할 수 있다면, 어떤 일이건 최선을 다할 수 있으며, 그 신명나는 일은 당신에게 행복과 발전을 가져온다.

quotation of precious wisdom

거짓은 모든 죄악의 씨앗이다

자신이 할 수 없는 것을 할 수 있는 것처럼 함부로 떠들지 말아야 한다. 사람들은 때때로 잘난 척하는 거짓말의 유혹을 이기지 못하고 함부로 말을 하여 자신을 궁지로 몰아놓곤 한다. 어떤 것에 대하여 이야기를 할 때 과장하지 말아야 한다. 단 한 번의 거짓말로 그동안 쌓아온 명성을 한꺼번에 날려버릴 수도 있다.

quotation of precious wisdom

욕심과 조급함으로 삶을 망치지 마라

자신의 능력을 벗어나는 너무 큰 욕심으로, 또는 조급함으로 자신의 삶을 망치지 마라. 그리고 단숨에 너무 많은 것을 얻으려고 하지 마라. 한번에 하지 못하면 나눠서 할 수 있는 것이고 그렇게 마음먹을 때 사람들은 행복해질 수 있다. 행복하게 살려고 하는 사람들은 살아가면서 조급하게 살지 않기 위하여 노력을 해야 한다. 사람들이 조금이라도 조급함에서 벗어나 다른 사람들과 적당히 나눌 줄 알고, 삶을 즐기면서 살 수 있다면 삶은 더욱 행복해진다. 그렇기에 자신의 결정은 항상 깊고 진지하게 하여야 한다. 가볍고 얕은 생각으로 결정하면 나중에 반드시 후회가 뒤따른다. 어떤 일에 대하여 결정을 내리기 전에 먼저 모든 상황을 다시 점검해 보는 것이 바람직하다. 조급하게 서두르지 말고 어느 정도 시간을 두면서 일을 점검해 보면 좋은 결정을 내리는 것에 대한 도움을 주는 새로운 정보들을 발견할 수 있다.

quotation of precious wisdom

같은 잘못을 다시 저지르지 마라

자신의 잘못을 인정하는 것처럼 마음이 가벼워지는 일은 없다. 그에 비해 자기가 옳다는 것을 인정받으려고 안달하는 것처럼 마음 무거운 일도 없다. 잘못을 솔직히 시인하고 가벼운 마음으로 새날을 개척해 나가자.

quotation of precious wisdom

미적미적거리며 망설이지 마라

어떤 일을 실행할 때에는 확실하게 하여야 한다. 우유부단하게 처리하는 것은 어떤 때는 안 하는 것보다 못한 결과를 가져온다. 이왕 하기로 마음을 먹었다면 마음속에 있는 두려움을 잊어버리고 확고하게 처리해야 한다. 미적미적 거리며 망설이는 것은 결국 자신의 삶에 있어서 불행만 가져올 뿐이다. 당신에게 어떤 목표가 정해졌으면 이제 무소의 뿔처럼 혼자서 가라. 당신의 망설임은 성공으로 인도하기보다는 실패로 인도할 것이다. 자꾸 망설이는 사람은 결국 아무것도 하지 못하고 끝난다. 자신이 이미 결심은 했지만 다른 사람의 의견을 들을 때마다 자꾸 마음이 흔들리는 사람은 풍향계와도 같다. 풍향계는 항상 바람의 영향만 받을 뿐 스스로 혼자의 힘으로는 돌아갈 수가 없는 존재이다. 이 세상에서 어떤 업적을 남기는 사람들은 일을 시작하기 전에는 신중하게 거듭 검토한 후에 자신이 단단한 결심을 굳히자마자 단호한 인내심을 가지고 자신의 목표에 매진하는 사람들이다.

quotation of precious wisdom

기다리지 말고 지금 도전하라

이집트의 저 거대한 피라미드도 한 장의 작은 벽돌들이 모여서 만들어진 것이다. 최후의 승리는 결승점에 이르기까지의 끈기와 노력이다. 어쨌든 나 스스로 무엇인가 해보자는 적극적인 도전의 자세가 필요하다.

quotation of precious wisdom

훈계에도 예절이 있다

급한 어려움에서 벗어나게 한 다음에 훈계를 하라. 모든 일에는 때가 있다. 살다 보면 어려움에 빠져서 생사의 기로에 선 사람들에게 도와주지는 않고 훈계만 늘어놓는 사람들을 볼 수 있다. 그러나 그런 훈계는 생사의 기로에 선 사람들에게 먹힐 수가 없다. 어쩌면 상대편의 반감만을 더 가져올 뿐이다. 당장 어려워서 숨이 넘어갈 지경인데 훈계만 늘어놓는다는 것은 결국 상대편을 전혀 고려해 주지 않는 것과 같다. 상대편을 생각해서 말하는 것 같지만 자신의 입장만을 생각하는 사람들이다. 한 때의 잘못으로 어려움에 처한 사람에게는 당장에 숨이 넘어갈 만한 상황을 벗어나게 한 다음 훈계를 하라. 그래야만 상대편도 고마움을 알고 그 훈계를 고맙게 받아들인다.

quotation of precious wisdom

거절할 때는 분명하게 NO라고 말하라

황당한 요구에는 NO라는 대답을 확실하게 하여야 한다. 꼭 거절해야 하는 일이지만 혈연, 학연, 지연 등의 이유로 인하여 다른 사람들의 부탁이나 상사의 명령 등을 거절하기 어려울 때가 있다. 거절로 인하여 다른 사람의 미움을 받을 수도 있고 자신이 불이익을 당할 수도 있다. 하지만 자신이 NO라는 말을 제대로 하지 못하고 우유부단하게 행동하다가는 큰 화를 불러올 수 있다.

quotation of precious wisdom

허상을 보고 그대로 믿는다면 자신을 죽인다

자신의 허상에 도취하여 자신의 참모습을 제대로 보지 못한다면 자신의 삶을 망칠 가능성이 한층 높아진다. 해질녘 커진 자신의 그림자를 보고 자신이 커진 것처럼 착각한 늑대처럼 사람들도 종종 자신의 허상을 보고 그것을 자신의 참모습으로 여길 때가 있다. 그러나 그것은 그림자에 불과한 허상일 뿐이다. 그리고 그 허상만을 믿고 함부로 말과 행동을 하며 까분다면 결국 큰 낭패를 볼 수밖에 없다. 사람들이 세상을 살아가면서 자신의 능력을 비하하는 것은 어리석은 일이지만 또한 함부로 과대 평가하는 것도 정말로 어리석은 일이다. 사람들은 자신이 큰일을 하고 있지 않을수록 자신의 조그만 능력을 과시하면서 과대평가하고 싶은 유혹에 빠진다. 그들은 자신의 작은 성과를 마치 대단한 무용담이라도 되는 것처럼 늘어놓으면서 자신을 과대평가한다. 허상을 보고 자만심을 가지게 되면 반드시 자신에게 화를 불러들인다. 세상의 순리란 목청을 자랑하기 위해 시끄럽게 울어대는 수탉이 다른 닭에 앞서서 목이 비틀리는 상황에 직면하게 된다.

quotation of precious wisdom

작은 이익을 탐내다 큰 이익을 잃게 된다

작은 이익을 위해 너무 심하게 다투다 보면 큰 것을 잃어버리게 된다. 사람들은 종종 하찮은 이익을 가지고 다투다가 정작 큰 이익을 잃어버리고 큰 손실을 당하는 경우가 많다. 눈앞의 이익보다는 앞을 내다볼 수 있는 안목이 필요한 세상이다.

quotation of precious wisdom

선을 베풀면 선은 다시 자신에게 돌아온다

당신이 베풀 수 있는 여력이 있다면 남에게 베풀 수 있는 것은 베풀 줄 알아야 한다. 자신의 조그마한 선의가 자신이 어려움에 처했을 때 자신에게 도움을 줄 수 있다. 너무 인정이 없게 다른 사람을 대한다면 자신이 위기에 처해도 도와줄 사람이 없게 된다. 세상을 살아가면서 때때로 어려움에 처하게 되면 가장 강한 사람일지라도 약한 사람의 도움을 필요로 할 수 있다. 당신이 선의를 베풀면 그 선의는 당신에게 돌아온다. 지금이라도 당신에게 도움을 준 주변 사람들을 기억하라. 그리고 그 주변 사람들에게 은혜를 갚아라. 사람은 행복할 때에는 다른 사람들의 도움이 필요한 것을 잘 느끼지 못하지만 어려운 상황에 처하게 되면 절실하게 도움을 필요로 한다. 당신에게도 후에 도움이 절박하게 필요한 시기가 찾아올지도 모른다. 그런 일에 대비하려면 평소에 그들에게 선행을 베풀어야 한다. 자신이 베풀 여유가 있다면 주변의 사람들에게 베풀어라. 결국 자신에게 돌아온다.

quotation of precious wisdom

내 삶의 선택을 다른 사람에게 맡기지 마라

다른 사람에게 자신이 믿고 따르는 가치관과 종교를 믿도록 강요하는 사람이 있는가 하면, 자기가 결정하기보다는 다른 사람의 말을 맹목적으로 믿고 그들에게 선택을 맡기는 사람들이 있다. 전자의 사람이나 후자의 사람이나 똑같은 잘못을 저지르고 있는 것이다. 인생의 선택은 그 주인만이 할 수 있다.

quotation of precious wisdom

꿈은 세밀한 설계도를 바탕으로 짓는 집이다

삶의 시나리오를 만들어 보라. 꿈꿀 수 있는 사람은 그 어떤 사람보다도 행복하다. 딱딱한 삶의 계획표와는 조금 다르게 자기 삶의 시나리오를 써 보라. 조금은 드라마틱하고 조금은 과장되었을지라도 당신을 기쁘게 해 주는 당신의 생각들을, 시나리오로 한 번 만들어 보라. 꿈꾸고 있는 당신에게 행운의 여신이 다가오고 있는 지도 모른다. 삶의 시나리오를 만들어 보라. 세상을 살면서 뭐든지 꿈꿀 수 있다는 것은 행복한 일이다. 실현 가능성이 적더라도 꿈꿀 수 있는 시간을 가진다면 자기 삶의 활력을 가져온다.

quotation of precious wisdom

협력은 위대한 일을 성취하는 밑거름이다

이 세상을 살아가는 사람들이 자신들에게 서로 부족한 것을 보충하면서 협력한다면 비록 어떤 것이 부족할지라도 좋은 결과를 가져올 수 있다. 서로 이익을 보면서 돕는 것은 자신의 삶을 좀더 나은 방향으로 인도해 주는 것은 물론 사회를 행복하게 만들어주는 역할을 한다. 또한 위대한 일을 성취하게 하는 아주 좋은 밑거름이다.

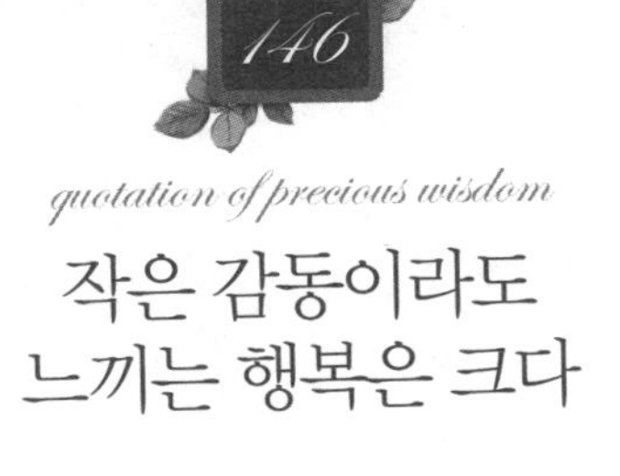

작은 감동이라도 느끼는 행복은 크다

행복에 이르는 길은 거창하거나 어렵지도 않다. 작은 것이나마 노력하고 실천하는 것에 있다. 행복에 이르기 위해서는 먼저 호기심을 가지고 세상을 바라보며 살아가야 한다. 호기심이란 관심이 있다는 말이다. 어떤 것이든 그것에 관심이 있어야 얻을 수 있다. 자신에게 있어 접하는 모든 것들, 그것이 사건이든 사람이든 간에 '왜 그럴까' 하고 의문을 품는다면 그만큼 자신의 삶에 대해 애정을 가진 사람이다. 어떤 사람은 '자신감, 낙천성, 외향성, 자기조절 능력'을 행복한 사람의 특징으로 말한다. 그 가운데 자신감은 계속해서 생각하고 활동하고 참여하는 쪽으로 자신을 계발할 때 얻는 결과다. 따라서 자신이 세상에 대하여 호기심을 갖고 흥분과 불안을 느끼는 일을 하는 것도, 자신에게 있어 행복을 위한 하나의 방법인 것이다.

quotation of precious wisdom

너무 서두르면 도리어 늦을 수 있다

어떤 일에 대하여 결정을 내리기 전에 먼저 모든 상황을 다시 점검해 보는 것이 바람직하다. 자신의 결정은 항상 깊고 진지하게 하여야 한다. 욕속부달欲速不達이라는 말이 있다. 서두르면 도리어 목적지에 도달하지 못하게 된다는 뜻이다. 급할수록 천천히, 급할수록 돌아가라 하지 않았는가!

quotation of precious wisdom

행복은 전염되는 것이다

나만의 행복이 아닌 다른 사람들을 돌아볼 수 있는 여유를 가지고 살라. 그것이 당신을 더 행복하게 해주는 길이다. 행복의 무게중심을 내가 아닌 나와 관계를 맺고 있는 다른 사람에게 옮겨 보아라. 그러면 알게 된다. 우정은 그 중심이 내가 아니라, 나와 관계를 맺고 있는 친구에게 있을 때 더 가치가 있고, 가족이 행복할 때는 그 행복이 나보다는 남편이나 아내, 그리고 자식이나 어른에게 있을 때가 더 행복하다. 나만의 행복을 추구하면 결국 자신의 행복을 위하여 주위 사람들을 희생시킬 것이고, 결국 주위의 사람들이 불행해진다. 그렇다고 해서 자신이 행복해지는 것도 아니다. 그 불행은 다시 당신에게 쉽게 전염되어 당신을 불행하게 만든다. 나만을 생각하고, 나의 이득을 먼저 생각하는 얕은 마음을 비우고 남을 위해 살 때 더 행복해진다.

quotation of precious wisdom

실패하는 사람은 새벽이 오기만을 기다린다

망설이지 말고 지금 실행하라. 우유부단하게 처리한다면 어떤 경우에는 안 하는 것보다도 못한 결과를 가져온다. 당신에게 어떤 목표가 정해졌으면 이제 무소의 뿔처럼 혼자서 가라. 자꾸 망설이는 사람은 결국 아무것도 하지 못하고 끝난다.

quotation of precious wisdom

시련 다음에 찾아오는 것이 기회이며 행복이다

삶의 고통을 회피하지 말고 받아들여라. 자신뿐만이 아니라 세상을 사는 모든 사람들은 세상을 살다 보면 많은 고통이 있기 마련이다. 사람이라면 어느 누구도 고통 없는 삶을 살 수 없다. 자신이 고통을 부정한다고 해서 행복해지는 것은 아니라는 것을 깨달아야 한다. 그리고 행복한 사람이란 바로 고통을 받아들이고 그것을 이겨내는 사람이라는 사실을 깨달아야 한다. 만약 사랑하던 사람과의 이별이나 나쁜 기억, 실패, 가족의 죽음 등을 잊으려면 많은 시간이 지나야 복잡한 감정들이 희석될 수 있다. 그리고 그 고통스러웠던 일들도 시간이 흐르면 잊혀져 가고 또 다시 기쁨의 순간들이 당신에게 찾아옴을 기억해야 한다.

quotation of precious wisdom

용서할 줄 아는 사람이 자부심이 높다

다른 사람이 일단 자기의 잘못을 시인하면 다시 그 문제에 대하여 말하지 말아야 한다. 또 지난날의 일을 가지고 꾸짖음을 되풀이하면 상처를 입게 된다. 남의 잘못을 용서할 수 없는 사람은 자기도 그와 같은 잘못을 저질러 고통을 당하게 된다. 쥐도 궁지에 몰리면 고양이를 무는 법이다.

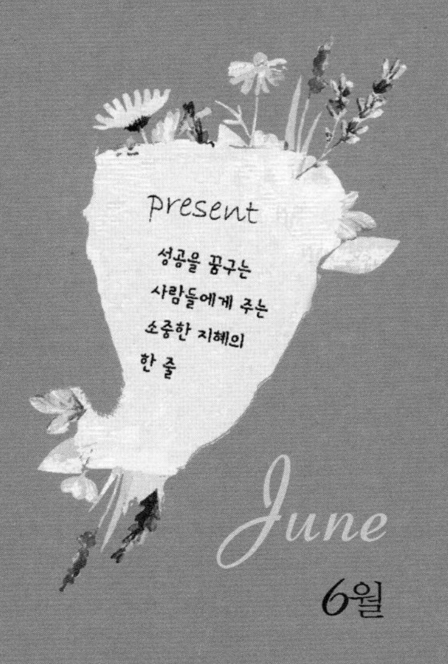
present
성공을 꿈꾸는
사람들에게 주는
소중한 지혜의
한 줄

June

6월

quotation of precious wisdom

여행은 잃어버렸던 나를 찾아준다

가끔 여행을 떠나라. 주위엔 행복을 방해하는 많은 우울한 일들과 스트레스를 주는 장애물들이 놓여 있다. 이런 장애물을 보다 쉽게 건너뛸 수 있는 방법으로 일상을 벗어나 자연의 품을 찾아 떠나는 것도 좋은 방법이다. 여건이 허락한다면 여행을 떠나라. 혼자 떠나도 좋고 마음이 맞는 다른 사람과 떠나도 무방하다. 무리를 해서 여행계획을 짤 필요도 없고 지나치게 준비할 필요도 없다. 그냥 마음 가는 대로, 가벼운 걸음으로 여행을 떠나라.

quotation of precious wisdom

잘못된 친절은 타인에게 독이 될 수 있다

나의 한 마디 말과 행동이 다른 사람들에게 치명적인 영향을 미칠 수 있다. 모든 친절이 다 가치 있는 것은 아니다. 누군가에게 도움을 줄 때는 반드시 상대방의 입장을 생각해야 하고, 그것이 옳은 길인지 진지하게 고민해 봐야 한다.

quotation of precious wisdom

마음으로부터의 의지가 가장 큰 보물이다

오늘, 행복으로 이르는 자신의 길목에서 의지와 자세를 다시 가다듬어라. 자신에게 있어 가장 중요한 것은 행복의 길을 걸어가려는 자신의 의지와 자세이다. 오늘 자신의 의지와 자세를 통하여 행복한 미래를 그려보자. 그리고 자신이 행복해질 수 있는 삶의 가장 큰 원동력이 무엇인지를 곰곰이 생각해 보자.

quotation of precious wisdom

깊이 판 우물에서 맑은 물이 나온다

자신의 능력을 다양하게 키우는 것은 중요하다. 자신의 능력 중에서 주력으로 삼을 것을 견고하게 다져 놓은 후에 다양하게 하는 것을 생각하여야 한다. 하나를 깊이 파다 보면 자연히 둘이 보이고 셋이 보이는 지혜를 얻게 된다. 이것저것 집적대다가는 아무것도 얻을 수 없다.

quotation of precious wisdom

자신만의 취미를 만들어라

나만의 공간을 마련하고, 그 공간에서 나만을 위한 시간과 물건을 사용하면서 자신을 가꾸어야 한다. 세상을 살면서 나만의 시간을 가질 줄 알아야 한다. 그 시간에서 당신이라는 존재를 찾아서 가꾸어야 한다. 당신이 다른 사람 위주로 살다 보면 당신의 존재란 점점 없어진다. 시간은 물론이고 집안에서 혼자 앉아 쉴 수 있는 공간 하나도 없을 수밖에 없다. 그러다 보면 나라는 존재는 점차 희미해져만 간다. 살면서 '나만의 것' 에 대하여 생각해 보아라. 당신에게 '나만의 특별한 것' 이 없다면 평소에는 잊거나 무심하다가 어느 날 갑자기 깊은 상실감을 느끼게 된다. 이런 상실감이 당신에게 찾아온다면 이제부터라도 '나만의 것' 을 만들어 보라. 살면서 나만을 위한 것들을 마련하라. 그것이 어떤 종류의 것이든 나만을 위한 것들을 마련하고 그것들을 사용하면서 나에 대한 애착을 높이고 나를 창의적으로 재생산하자.

quotation of precious wisdom

돌이 될 것인가 다이아몬드가 될 것인가

보석 하나를 두고도 사람들은 저마다 다른 가치를 생각한다. 돌을 다이아몬드로 깎는 사람이 있고, 다이아몬드를 돌로 보는 사람도 있다. 세상에서 아무리 귀중한 것이라도 자신에게 필요 없는 것이라면 그것에는 가치가 없다.

quotation of precious wisdom

작은 것에 큰 가치와 행복이 있다

행복을 원한다면, 더욱 많은 일을 해서 더욱 많은 상품들을 구매하겠다는 목표를 버려라. 상품은 하루가 멀다하고 신제품이 나오고 결국 당신은 소비에 중독되면서 그런 삶의 굴레에서 벗어날 수 없게 된다. 지금 내가 이것을 사들인다고 해서 정말 행복해질 것인가 자문해 보라. 즉, 물질적인 사치보다 자신만의 시간과 공간을 가져라. 행복을 원한다면, 당신의 너무나 높은 욕망의 높이를 하향 조정하라. 이루지도 못할 욕망이라면 당신에게 큰 스트레스를 준다.

quotation of precious wisdom

작은 실천이 큰 생각보다 낫다

말로만 하고 실천이 없는 삶을 산다면 그는 가짜 인생을 살고 있는 것이다. 자신의 꿈과 계획을 실천하는 사람, 그 모습처럼 이 세상에서 아름다운 것은 없다. 빛깔은 아름다우나 향기 없는 조화처럼, 말이나 지식이 아무리 많고 훌륭하다 하더라도 실천하지 않는다면 소용없다.

quotation of precious wisdom

남을 위하는 것이 곧 나를 위하는 길이다

살아가면서 남을 위해 착한 일을 하라. 현대인들은 자기중심으로 생각하고 행동하며 살아간다. 나라는 존재도 중요하지만 나를 둘러싼 모든 사람들이, 나를 이 세상에 있게 하는 소중한 존재들이다. 남을 위하여 봉사하는 일을 하라. 그에게 받을 생각을 말고 줄 생각을 하라. 그리고 주되 그에게 다시 받기를 바라지 마라. 순수한 마음으로 주라. 이런 마음이 당신을 행복하게 만든다. 살아가면서 남에게 따뜻한 말을 던지고, 맑은 웃음을 선사하라. 정성스러운 마음으로 남을 도와주어라. 이런 마음이 당신을 행복하게 만든다. 살아가면서 남에게 시간과 노력을 제공하고, 나의 땀을 남에게 제공하라. 그러면 상대방은 기뻐하고 고마워한다. 그것을 볼때 당신도 기쁘고 즐거워진다. 이런 마음이 당신을 행복하게 만든다. 살아가면서 남을 위해서 착한 일을 하겠다는 당신의 마음자세가 중요하다. 이런 소중한 마음이 당신에게 행복을 가져다준다.

quotation of precious wisdom

작은 일에 심술을 부리면 소인배가 된다

자신의 마음에 들지 않는다고 다른 사람에게 심술을 부리듯이 세상을 살지는 마라. 사람의 도리란 세상을 살아가면서 상대편의 입장을 이해하여 그 사람을 배려하기 위하여 노력하여야 한다. 당신이 남의 입장을 배려해 줄 때 당신도 배려 받을 수 있다.

quotation of precious wisdom

자신의 세계와 가치관을 명확하게 갈무리하자

마음의 보석 상자를 만들라. 살다 보면 짜증나는 일상으로 인하여 당신의 꿈과 생각이 난잡하게 흐트러져 바닥에 뒹굴고 있는 모습을 발견할 때가 있다. 그 때는 마음의 보석 상자를 만들어라. 당신의 유년시절의 꿈이든, 일기장에 썼던 낙서든, 당신 삶의 빛나는 부분들을 그 보석상자 안에 담아라. 마음의 보석 상자에는 오래지 않아 꿈들이 넘쳐나게 된다. 그러면 새로운 행복이 내 마음의 보석 상자에 하나둘씩 채워진다. 당신의 삶이 힘들고 짜증날 때는 그 보석 상자를 열어보아라. 당신의 앞에는 어느덧 꿈의 파노라마가 펼쳐지게 된다.

quotation of precious wisdom

어떤 고난이라도 지혜롭게 즐겨라

무슨 일이든지 처음에는 고난이 있다. 그 최초의 고비를 두려워 말라. 첫 고비를 넘으면 그보다 일은 훨씬 수월해지는 법이다. 고난 속에서 비로소 우리는 자기 자신을 알게 된다. 능숙한 선장은 폭풍을 만났을 때 폭풍에 반항하지 않으며 절망하지도 않는다. 항상 확고한 승산을 가지고 최후의 순간까지 전력을 다해서 활로를 열려고 한다. 여기에 인생의 고난을 돌파하는 비결이 있다.

quotation of precious wisdom

돈은 사람의 필요에 의해 만든 것일 뿐이다

돈이 모든 행복을 가져다주지는 않는다. 살아가면서 돈은 꼭 필요한 존재다. 그러나 돈이라는 것은 생활을 풍요롭게 해주고 삶의 행복을 이루기 위한 하나의 수단이지 돈의 축적 자체가 행복은 아니다. 많은 사람들이 배금주의 시대에서 돈의 노예가 되어 돈으로 인하여 불행해지는 경우가 많이 있다. 돈은 많으면 많을수록 좋은 것일 수도 있지만 자신의 모든 것을 다 버려가면서 돈에 매달리는 것은 어리석은 일이다. 돈만으로는 해결할 수 없는 일들이 세상에는 많다. 누가 어떻게 돈으로 시간을 살 수 있는가? 누가 어떻게 돈으로 생명을 살 수 있는가? 그렇다고 해서 돈이 무용지물이라는 것이 아니다. 돈은 꼭 필요하고 행복을 이루기 위한 수단이다. 그러나 주객이 전도되어서 행복을 잃어가면서 돈을 벌기 위한 삶은 버려야 한다. 돈이 모든 행복을 가져다주지는 않는다.

quotation of precious wisdom

정직은 그대에게 주어진 백지수표다

어떤 직업이나 장사든지 어느 정도의 정직을 보이는 것이 그 사람을 부자로 만들어 줄 수 있는 가장 확실한 방법이다. 남의 믿음을 잃었을 때에 사람은 가장 비참한 것이다. 백 권의 책보다 하나의 성실한 마음이 사람을 움직이는 힘이 더 크다.

quotation of precious wisdom

지나친 자랑은 안 하는 것보다 못하다

프랑스의 한 철학자는 이런 말을 하였다. "자신의 친구와 원수가 되기를 원하는 사람이란 누구에게나 자신의 자랑을 잘 하는 사람이고, 좋은 친구가 되어 주기를 원하는 사람이란 친구들이 자신에게 친구들의 자랑을 하도록 유도하는 사람이다." 대부분의 사람들이 자신에 대해 말하고 있을 때에는 마구 자랑을 늘어놓아서 자아도취에 빠지거나 아니면 무모하게 스스로 체면을 손상시키기도 한다. 지나칠 정도로 자랑을 일삼는 일은 인간관계에 있어 어색함을 부르고 다른 사람에게 고통과 불쾌감을 주는 경우조차 있다. 세상을 살아가면서 사람들이 겸손해야 할 가장 큰 이유는 누구든지 자화자찬을 지나치게 하고 있기 때문이다. 지나친 자랑은 안하는 것보다도 못한 결과를 초래한다.

quotation of precious wisdom

무지 속에서 얻은 행운은 오래 가지 않는다

우파니샤드 중에 이런 글이 있다.

"무지 속에 갇혀 있는 사람들은 스스로를 상당한 지식인이라거나 대단한 학자라고 생각하면서 영영 삐뚤어진 길로 가게 된다. 마치 눈 먼 장님들을 역시 눈 먼 다른 장님이 인도하여 영영 삐뚤어진 길로 가게 되는 것처럼…."

quotation of precious wisdom

자신의 단점만을 보지 마라

누구든지 단점보다는 장점이 많다는 점을 깨달아야 한다. 사람들은 종종 자신의 장점보다 단점만을 보기에 불행에 빠진다. 자신이 조금만 마음을 돌려 먹으면 사람은 언제 그랬느냐는 듯이 자신의 불행에서 벗어날 수 있는데도 오늘도 자신의 단점만을 바라보면서 삶을 낭비하고 있다. 당신이 자신의 삶에서 행복해지려거든 자신에게서 어떤 장점이 있는지를 먼저 파악하라. 단점을 알고 그것을 개선하는 것도 중요하나 대부분의 사람들은 지나치게 자신의 단점에는 민감하고 자신의 장점은 지나치게 무관심한 경향을 보인다. 자신의 특출한 장점과 재능이 무엇인지를 알고 이를 가꿀 수 있다면 어떤 사람이든 이 세상에서 특별한 존재가 될 수 있다. 어떤 사람은 지성이 남보다 뛰어나고 어떤 사람들은 실천하는 행동이 남보다 뛰어나다. 많은 사람들이 단점보다는 나름대로의 장점을 가지고 있다. 그러나 대부분의 사람들은 자신들의 장점과 재능을 아무렇게나 함부로 다뤄 그것을 가꾸지도, 빛내지도 못하기에 대부분 평범한 사람으로 살아가고 있다.

quotation of precious wisdom

오늘 최선을 다하면 내일은 저절로 찾아온다

당신이 세상에서 어떤 것을 이루려고 한다면 목숨을 걸고 최선을 다하여야 한다.

헬렌 켈러는 이런 말을 했다.

"우리가 하고 있는 일에 최선을 다할 때, 우리의 삶과 타인의 삶에 어떤 기적이 일어날지 아무도 모릅니다!"

자기의 맡은 일에 최선을 다하라. 그렇게 할 때 최선의 이익이 돌아올 것이다.

quotation of precious wisdom

때로는 인내심이 필요하다

사람들은 잠깐의 어려움을 참지 못하고 종종 절망에 빠진다. 그러나 사람들에게 생긴 어려움이란 몇 가지의 경우를 제외하고는 대개가 다 대수롭지 않은 것으로써 시간이 지나면 해결되는 것들이 대부분을 차지하고 있다. 어려움이 생겼을 때 인내할 수 있는 용기를 가지는 것, 이것이 사람을 행복하게 만든다. 그리고 어떠한 일을 하든 그 일에 맞는 적당한 시간을 필요로 한다. 그 과정을 즐길 수 있는 것, 이것이 사람을 행복하게 만든다. 살다보면 삶의 과정에서 평탄한 길도 있지만 언덕길을 만날 때도 있다. 위대한 업적은 결코 하루아침에 이루어지지 않는다. 그 업적에 필요한 용기와 시간, 그리고 노력을 투여할 때 얻을 수 있는 것이다. 세상의 어떤 일이건 한 방울의 땀들이 모여서 그 결실을 맺는다. 인내심은 지혜를 얻을 수 있는 좋은 방법이다.

quotation of precious wisdom

서로 도움을 줄 수 있는 친구가 진짜 친구다

친구란 내 부름에 대한 메아리이다. 좋은 친구를 만나고 싶거든 내가 먼저 좋은 친구가 되어야 한다. 사람은 끼리끼리 어울리는 법이다. 그리고 친구의 영향은 알 듯 모를 듯 젖어 든다.

quotation of precious wisdom

일시적인 달콤함을 주지만 결국에는 해를 준다

도둑이, 어떤 집에 도둑질하러 들어가서, 개한테 먹을 것을 주고 짖어대지 못하게 하려고 했다. 그러자 개가 말했다.

"너 같은 건 어서 빨리 물러가! 지금까지 너를 어딘가 수상타고 생각했었다. 그런데 네가 너무 상냥하게 굴어서 나쁜 사람이란 것이 이제는 확실해졌어!"

개는 현명해서 도둑의 친절에 넘어가지 않았다. 남의 아부에 넘어가다 보면 자신이 손해를 본다. 살아가면서 당신에게 지나치게 친절한 태도를 보이는 자를 경계할 줄 알아야 한다. 다른 사람들이 당신에게 하는 아부가 모두 호의에서 나온다고 할 수 없다. 아부와 아첨에 넘어가지 않고 늘 현실을 똑바로 보는 것이 중요하다. 아부와 아첨에 넘어가는 것은 일시적으로 당신에게 달콤함을 줄 수 있지만 결국 자신에게 쓰디쓴 실패와 후회를 남겨주는 경우가 더 많다. 일시적으로 달콤함을 맛보기 위하여 아첨과 아부에 넘어가서는 안 된다.

quotation of precious wisdom

자신의 가치는 자신만이 결정할 수 있다

우리는 자신의 가치를 스스로 인정해야 한다. 다른 사람들이 우리의 가치를 인정해 줄 것으로 믿었다가 그 기대가 어긋나 버리면, 실망할 수밖에 없다. 늘 자신을 알리는 데만 너무 급급하지 말고 자신의 가치를 높이는 데 전념하도록 하라.

quotation of precious wisdom

평화로울 때 위급한 시기를 대비하라

어떤 일을 그르친 후에 후회를 하여도 때는 이미 너무 늦었다는 것이다. 모든 일에는 때가 있는 것이다. 새가 이미 사람들에게 잡혀서 새장 안에 갇혀 있으면서, 잡히지 않기 위하여 조심하는 것은 이미 시기를 놓친 것이다. 뒤늦게 후회를 해봤자 이미 소용이 없는 것이다. 잡히는 위험에 대하여 조심하기로 했다면 때를 맞춰서 미리 조심을 했어야 한다. 그렇기에 삶이 행복할 때, 불행한 시기를 대비하여야 한다. 당신에게 있어 일단 불행으로 빠진 뒤에 행복해지려는 것은 아무리 빨라도 늦는 법이다. 삶이 행복할 때, 당신에게 다가올 위기와 불행으로부터 대비할 줄 알아야 한다. 위기에 빠져 불행해졌을 때 대비하는 것은 이미 때를 놓친 것이다. 꽃은 만개할 시기가 되면 피어나고 달은 차면 기운다. 융성한 기운이 있으면 몰락도 있기 마련이다. 현명한 사람은 움직이고 있을 때, 정지할 시기를 생각한다. 쉬지 않고 돌아가는 수레바퀴도 언제인가는 멈추게 된다.

quotation of precious wisdom

꿈을 그리는 사람은 그 꿈을 닮아 간다

한 가지 뜻을 가지고 그 길을 걸어라! 고난이나 잘못도 있을 것이다. 그러나 다시 일어나서 앞으로 가라! 위대한 일을 성취하려면 행동뿐만 아니라 꿈을 꾸어야 하며, 계획을 세우는 것뿐만 아니라 그것을 믿어야 한다. 생의 마지막까지 꿈을 잃지 않는 자만이 웃으며 눈을 감을 수 있다.

quotation of precious wisdom

심성이 악한 자들과 사귀지 마라

다른 사람에게 음모를 꾸미는 사람은 그 음모로 인하여 자신의 파멸을 초래하게 된다. 그렇기에 함부로 계략을 꾸며서는 안 된다. 어쩔 수 없이 계략을 꾸미더라도 더욱 완전하게, 그리고 일이 잘못되었을 때 빠져 나올 수 있는 조치를 해 두어야 한다. 이런 것을 생각하지 못하고 함부로 남을 궁지에 모는 계략을 꾸미다가는 결국 자신이 그 계략에 넘어가 자신을 위험하게 만든다. 당신이 나쁜 음모에 빠지지 않으려면 아예 심성이 악한자들과 사귀지 마라. 그들과 어쩔 수 없이 만나게 되는 경우에도 일정한 거리를 두는 것이 좋다. 그들과의 깊은 교제는 반드시 당신에게 해로움을 준다.

quotation of precious wisdom

자신을 돌아보고
다른 이의 결점을 비판하라

사람은 때때로 남의 결점을 파헤침으로써 자신의 존재를 돋보이려고 한다. 그러나 그렇게 함으로써 자신의 결점을 드러내는 것이다. 어리석은 사람은 타인의 결점을 드러내고, 자신의 결점은 잊어버린다. 어쩔 수 없이 다른 이의 결점을 지적해야 한다고 해도 그보다 먼저 자신을 돌아봐야 한다.

quotation of precious wisdom

사랑의 절반은 이해심이다

지금 연인의 손을 따뜻하게 잡아 주어라. 당신의 가장 빛나는 날들이 모여 연인이라는 인연이 생기니 어찌 그 연인이라는 인연이 소중하지 않을 수 있으랴. 지금 작은 문제가 생겼다고 연인의 손을 뿌리치지 마라. 지금 연인의 손을 따뜻하게 잡아 주어 상대방에게 신뢰하고 있다는 굳건한 메시지를 주어라. 지금 어렵다 해서 포기하지는 마라. 그 여자의 손을, 그 남자의 손을 따듯하게 잡아 주어라. 비틀거리며 세상으로부터 돌아온 연인의 손을 따뜻하게 잡아 주어라. 어려울 땐 따뜻한 위로가 필요하다. 그 위로는 상대방에게 용기를 심어준다. 위로를 하는 쪽도, 위로를 받는 쪽도, 험난하지만 다시 용기를 내어 세상을 살아갈 수 있는 힘을 서로 상대에게 주어라.

quotation of precious wisdom

하나를 알면서
셋을 안다고 착각하지 말라

세상 경험이 부족한 이들이 가장 쉽게 저지르는 실수 가운데 하나는 하나를 아는 데도 셋을 안다고 착각하는 것이다. 선입견이나 정보만 가지고 사람이나 사물의 가치, 현상이나 상황에 대해 단정적으로 판단하는 것은 실책이다.

quotation of precious wisdom

스스로에게 자부심을 불어넣어야 한다

자신에게 축배를 권하라. 성공을 한 사람에게 찬사를 보내는 것은 그를 둘러싼 사람만이 아니다. 성공을 이룬 그들 스스로도 자신을 자랑스럽게 여긴다. 만약 당신이 성취감이 있는 삶을 살려면 당신이 이룬 사소한 일들일지라도 그 일에 대하여 당신 스스로 자신에게 찬사를 보내라. 그것이 아무리 사소한 일들일지라도…. 아무리 작은 것이지만 성취에 대한 어떤 증거를 갖는다는 것은 당신 자신이 스스로 성공했다는 느낌을 주고, 다른 일에 도전할 수 있는 용기를 주는 데 아주 큰 역할을 한다. 자신에게 축배를 권하면 내일도 자신에게 축배를 권하게 된다. 당신 자신을 정확하게 인정해 줄 수 있는 존재는 당신 자신뿐이다. 작은 성취를 이룬 것에 대해 스스로 축배를 권해 보자. 그 작은 성취를 스스로 인정하고 자신을 자랑스럽게 생각할 때 큰 성취도 이룰 수 있다.

quotation of precious wisdom

시작과 도전은 시기가 없다

당신의 삶은 이제부터 시작이다. 지나간 일들에 대하여 집착하지 마라. 지나간 일은 다시 되돌릴 수 없기에 과거는 과감히 잊어버리고 미래를 준비하라. 다가올 내일의 삶을 위하여 오늘 최선을 다하여 앞으로 나아가라. 지나간 일에 대한 후회도 미래에 대한 두려움도 버려라. 당신에게 주어진 시간이란 오늘밖에 없는 것이다. 자신 스스로가 더 즐겁고 더 활기차게 오늘을 산다면 당신의 진정한 삶은 오늘부터 새로 시작된다. 이제부터 시작이다. 앞으로 나아가는 것을 방해하는 과거의 후회도 불안도, 오늘의 긴장도, 내일의 두려움도 버려라. 오직 오늘 현명한 머리와 평화로운 마음으로 당신의 문제들을 이해하고 해결해 나가라. 이렇게 오늘을 살 수 있다면 당신의 진정한 삶은 오늘부터 시작된다.

quotation of precious wisdom

기존의 것을 새롭게 해석하라

창의적인 아이디어를 얻기 위해서는 자기 자신이 본 것을 자기 나름대로 소화시키려는 노력이 필요하다. 자기가 보았다고 해서 아는 것은 아니다. 누구든 새로운 것에 마주치면 호기심에 자기의 신경이 집중되어 잘 보이게 된다. 그러나 일단 한 번 보고 나서 알고 나면 그것을 계속 본다거나 생각하는 일은 거의 끝나 버리고 만다. 만약 본 것만으로 알았다고 느껴 버리면 정작 중요한 것을 놓치게 되거나 착각에 의한 불확실성도 존재할 수 있는 것이다. 반드시 본 것만이 진실일 수는 없다. 본 것을 언어의 도움을 받아 각자가 그 의미나 존재를 확인해 나가지 않으면 안 된다. 보는 것에 그치지 말고 사물의 의미나 존재를 확인하는 작업을 하자

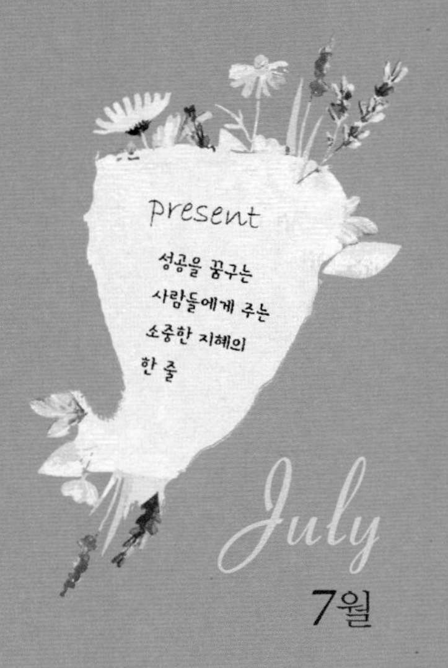
present
성공을 꿈구는
사람들에게 주는
소중한 지혜의
한 줄

July

7월

quotation of precious wisdom

눈으로 보이는 것만이 진실은 아니다

단지 눈으로 보이는 것만이 진실은 아니다. 버섯도 아름답고 색이 화려한 것은 독을 가지고 있다. 사람의 모습도 마찬가지다. 첫인상이 중요하긴 하지만, 그 중요성에 비해 그 정확성은 그리 신뢰할 만한 것이 아니다. 겉모습이란 우선 진실인 척하는 것이기 때문이다. 껍질 너머 내면까지 바라볼 줄 알아야 진실을 보았다 할 것이다.

quotation of precious wisdom

계획하지 않는 삶은 방종일 뿐이다

삶의 설계도를 작성하라. 그리고 삶의 설계도를 작성하는 습관을 가져라. 만약 삶의 설계도가 없다면 그것은 삶의 지침이 없다는 것과 마찬가지이다. 모든 비행기든 배든 출발하였다면 도착지가 있다. 만약 도착지가 없다면 어디에선가 난파당하고 만다. 이 일은 얼마나 끔찍한 일인가? 당신의 삶도 마찬가지이다. 자기 삶의 목적지가 없다면 결국 삶은 난파당하고 만다. 난파당하고 싶지 않다면 삶의 설계도를 작성하라.

quotation of precious wisdom

생각하는 것보다 더 많은 것을 가지고 있다

그대는 그대 자신이 알고 있는 것보다 훨씬 더 큰 가치를 지닌 사람이다. 자기 자신의 가치를 사회가 인정해 주길 바란다면, 스스로 자신의 가치를 주장해야 한다. 상품을 팔려면 보기 좋게 진열해 놓아야 하는 것처럼 자신이 가진 것을 가꾸고 드러낼 줄도 알아야 한다.

quotation of precious wisdom

신념은 자신을 믿는 데서 나온다

신념을 세우고 삶의 바다를 항해하라. 세상을 제대로 사는 사람이라면 신념을 가져야 한다. 이 세상을 사는 대부분의 사람들은 신념과 더불어 젊어지고 두려움과 더불어 늙어가는 존재다. 신념은 사람을 강하게 만들고 두려움이나 의심은 반대로 사람의 활력을 마비시키고 사람을 늙게 만든다. 자신의 신념을 믿는다면 그 사람의 내일은 틀림없이 발전할 것이다. 그러나 신념이 없이 삶을 사는 사람은 항로도 없이 바다로 나가는 배처럼 결국 암초를 만나 난파하게 된다. 항로 없는 배가 처음에는 운 좋게 암초를 피해갈 수도 있지만 그 운은 오래가지 않는다. 항로 없는 배는 결국 어느 시기 암초를 만나 좌초하게 된다. 오늘 깨달아라. 자신의 삶의 신념이 없다면 결국에는 자신의 삶이 좌초하고 만다는 사실을 깨달아라.

quotation of precious wisdom

마음이 쉴 수 있는 의자 하나 놓아두자

우리는 바쁘게 살아간다. 열심히 사는 일과 바쁘게 사는 일은 많은 차이가 있다. 가치 있는 일을 하지 않으면서도 마음이 바쁜 사람들도 있기 때문이다. 꿀벌처럼 바쁜 사람은 슬퍼할 겨를도 없다. 게으르지 않은 여유 속에서 맛깔스런 인생을 맛볼 수 있다. 잠시 여유를 갖자.

quotation of precious wisdom

멀리 보면 인생은 길다

삶을 장기적인 안목에서 바라보라. 자신의 삶을 단기적으로만 보고 너무 조급해하지 말라. 자신이 지금 남보다 조금 뒤떨어져 있다고 해서 실망할 필요는 없다. 자신 스스로가 목표를 세우고 그 길을 꾸준히 걷다 보면 목표는 이루어진다. 결국 삶이란 짧은 기간에 승부를 내는 100미터 단거리 경주가 아니라 긴 시간에 걸쳐서 승부를 내는 마라톤이라는 사실을 인식하라. 그리고 자신의 삶이 아무리 어려워도 삶의 길잡이를 버리지 마라. 눈앞의 이익들이 그것을 버리라고 유혹하지만 그것을 버리게 되면 결국은 많은 것을 잃게 된다. 삶의 길잡이가 되어주는 마음가짐이야말로 당신을 사람답게 살 수 있게 해주는 삶의 나침반이다. 삶을 장기적인 안목에서 바라보아야 한다. 당신이 이 세상을 살면서 삶이 힘들고 고달파도 삶의 길잡이가 되는 마음가짐을 끝까지 버리지 말아야 한다는 것을 늘 명심하라.

quotation of precious wisdom

굽어지지 않는 나무는 꺾이기 마련이다

지위가 올라가면 올라갈수록 겸손해져야 한다. 자신은 스스로 바라볼수록 왜소해지는 법이다. 낮아지고 겸손하라. 이것이 지혜의 첫걸음이다. 높은 곳의 냇물이 강을 만나고 바다로 나아가려면 몸을 낮추지 않으면 안 된다.

quotation of precious wisdom

자신의 자리에서 다시 출발하라

다시 출발하라. 자신의 자리에서 멍하니 멈춰 있지는 말라. 그냥 고여 있는 물은 시간이 지나면 어떤 물이든 썩기 마련이다. 자신이 세상에서 멈춰 있다는 것은 바로 퇴보를 의미한다. 자신이 서 있는 바로 이 자리에서 다시 출발할 수 있어야 한다. 만약 자신이 목적도 없이 멈춰 있다면, 다시 출발의 돛을 올리고 자신의 삶의 항로를 향하여 힘차게 출발하라. 그리고 자신의 의지를 다시 한번 굳게 하라. 삶의 바다에서 항해할 수 있는 힘은 바로 자신의 의지에서 나온다.

quotation of precious wisdom

스스로 뽐내지 말라

사사로운 일을 자랑하고 지식을 뽐내는 사람은 실제로는 겉멋이 들어 정작 알맹이가 없다. 이들의 본래의 모습은 초라하다 못해 사람들로부터 소외를 당한 경우가 많다. 아무도 알아주지 않는데 혼자만 '왕'이 되어 무슨 의미가 있겠는가. 스스로 뽐내지 말라.

quotation of precious wisdom

대부분의 능력은 잠재되어 있다

능력이란 자신 스스로가 자기 자신을 믿는 결과의 산물이다. 그 믿음을 통해 신념이 생겨나고 신념에 따라 노력하고 다시 노력으로 앞으로 전진하게 된다. 그러다 보면 당신은 세상과 일에 대하여 자신감도 생기고 또 능력이 생기게 된다. 자신을 믿고 자신 있게 행동한다면 능력은 크게 향상된다. 능력이란 후천적인 개발에 의하여 완성되는 산물이다. 선천적으로 태어날 때 지니고 나오는 능력도 있지만 사람의 대부분의 능력은 후천적인 노력에 의하여 얻어진다. 선천적인 능력을 가지고 태어났어도 후천적인 노력이 뒷받침되지 않는다면 결국 그 능력은 사라질 것이고 선천적인 능력은 미미하지만 계속해서 갈고 닦고 개발시킨다면 그 능력은 크게 향상된다. 능력이란 얼마만한 노력을 기울였느냐에 따라 비례하여 나타나는 산물이다.

quotation of precious wisdom

아집은 마음을 절룩거리는 일이다

자기 생각만 옳다고 고집하는 사람은 다른 사람의 의견을 제대로 받아들일 수 없다. 어떤 일에 대하여 자기 생각을 주장하기 전에 다른 사람의 말을 들어보라. 지식이 좁은 사람은 자기의 좁은 생각에 얽매여 아집에 사로잡히기 쉽게 된다. 잘못된 지식에서 비롯된 고집은 우리의 마음을 절름발이로 만들 뿐이다.

quotation of precious wisdom

인생이란 목적의 탑을 쌓아나가는 것이다

목표에 도달하기를 원한다면 한계를 극복하여야 한다. 세상을 살아 나가는 데 있어서는 확고한 목적을 가져야만 성공할 수 있다. 자신이 세운 삶의 목표는 자신의 삶을 결정한다. 목표를 세웠다면 그 목표에 도달하기 위해 열정을 불태우고 한계를 극복하여야 한다. 그런 노력이 없다면 목표에 도달할 수 없다. 그리고 열정을 불태우고 한계를 극복하는 노력은 자신을 더욱 강하게 만들어준다. 그리고 어떤 목표를 정하고 목표를 이루겠다고 생각한다면 자기 자신을 엄하게 다스려야 한다. '시간이 지나면 이루어지겠지.' 하는 나태한 생각으로는 목표를 이룰 수 없다. 열정을 불태우고 한계를 극복하면서 자기 자신을 엄하게 다스릴 때 목표를 달성할 수 있다.

quotation of precious wisdom

서로 다른 생각이 새로운 것을 만들어낸다

아무리 친한 사이라도 서로의 생각을 인정할 줄 모르면 그 우정은 얇은 얼음과 같다. 금방이라도 쩍쩍 금이 갈 수 있는 것이다. 생각이 다르다는 것은 좋은 장점이다. 두 사람이 그것을 공유하면 큰 힘을 발휘할 수 있으니까. 친구란 볼트와 너트 같은 관계다.

quotation of precious wisdom

나와 일이 일치할 때 보람은 배가 된다

자신이 하고 있는 일이 바로 자신이다. 지금 하고 있는 일을 어떻게 하느냐에 따라 자신의 미래가 만들어진다. 지금은 비록 하찮고 만족하지 않는 일이라도 성심을 다하고 미래를 준비하는 일이라면 미래에는 자신이 꿈꾸는 일을 만들어낼 수 있다. 지금 최선을 다해 일하라. 그리고 자신에게 질문하라. '지금 하고 있는 일은 무엇이며 그 일에 대한 나의 태도는 어떤 것인가' 또한 자신이 해야 할 일들에 대하여 정리해 보아라. 자신의 일은 그 누구도 대신 해주지 않고 해줄 수도 없다. 삶을 자신의 뜻대로 살기 위해서 해야 될 일들이 무엇이며 그 일을 이루기 위하여 자신은 어떻게 할 것인가에 대하여 생각하라. 스스로 정리해 보자. 당신이 해야 할 일 중에서 지금 바로 해야 할 일, 1년 안에 해야 할 일, 5년 안에 해야 할 일, 10년 안에 해야 할 일. 평생을 두고 해야 할 일에 대하여 정리해 보자. 스스로가 그것을 정리하면 자신이 앞으로 걸어가야 할 길이 보이고 또 그 길은 삶을 열정적으로 바뀌게 한다.

quotation of precious wisdom

우정은 신뢰가 만든 오래된 약속이다

언제라도 불신이 끼어들 수 있는 관계에서는 우정이 싹틀 수 없다. 우정을 가장한들 조건만 만들어지면 서로를 배신할 수 있기 때문이다. '불태우기 쉽기로는 오래된 장작이 가장 좋다. 마시는 데는 오래된 술, 신뢰하는 데는 오래된 친구, 읽는 데는 오래된 저서가 좋다.' 라는 말이 있다. 오랫동안 쌓은 신뢰는 쉽게 무너지지 않기 때문이다.

quotation of precious wisdom

변화는 보는 데서 출발한다

세상을 보는 힘, 관찰력을 길러라. 다른 사람이 발견하지 못하는 그 것, 그것을 보는 관찰력을 지니게 되면 자신의 발전은 성큼 다가올 것이고, 또한 자신에게 큰 힘이 되어준다. 남이 보지 못하는 것, 보더라도 무심코 그냥 지나가는 것을 관찰하여 자신의 발전에 활용할 수 있다면, 성공의 문은 열릴 것이며, 당신의 삶은 다른 사람의 삶보다 윤택하게 된다. 관찰력이 뛰어나거나 세상의 사물을 유심히 보는 사람들에게 성공의 기회가 다른 사람들보다는 많이 찾아오는 법이다. 바로 이 세상에 존재하는 세상의 사물이나 사람들에게서 발전과 성공의 열쇠가 있는 것이다. 어떤 대상이나 사람을 유심히 살펴보면, 거기에는 지금까지 알지 못했던 새로운 사실들을 많이 발견할 수 있다. 세상의 사물이나 사람에 대하여 세밀하게 관찰해보고 그 관찰을 기록으로 남기는 습관을 가지고 있으면 좋다. 그 기록은 당신의 재산이다. 하나하나 그 기록들이 늘어날 때마다 세상과 사람들의 새로운 면을 발견하게 되고 세상과 사람들에 대해서 알게 된다.

quotation of precious wisdom

줏대를 잃으면 신뢰에도 금이 간다

줏대가 없는 사람은 당장은 마음이 편할지 모르지만 '믿을 수 없는 사람' 으로 낙인찍히게 된다. 중요한 일을 결정하고, 중심을 잡고 있어야 할 위치에 있는 사람은 그 누구보다 주체성을 갖고 있어야 한다. 이쪽에 붙고 저쪽에 붙어 봐야 남는 것은 '불신' 뿐이다.

quotation of precious wisdom

후회했을 때는 이미 늦은 것이다

후회보다는 반성을 통하여 내일을 계획하여야 한다. 당신은 지금도 후회를 하고 있는가? 후회보다는 반성을 통하여 내일을 설계할 수 있는 것이 세상을 사는 데 훨씬 유익한 일이다. 후회를 한다고 해서 과거의 일이 되돌려지는 것이 아니다. 살아오면서 후회를 불러오는 일은 이제 머리 속에서 지워버려라. 후회보다는 자기반성과 자기검토를 하라. 그리하여 삶을 살아가는 데 있어 힘쓰고 노력하라. 하루에 한 번쯤은 엄숙한 마음으로 진지한 자기반성과 자기 검토의 시간을 가진다면, 삶은 발전을 위한 큰 걸음을 내딛게 된다.

quotation of precious wisdom

습관이 사람을 만든다

습관이란 정말로 무서운 것이다. 습관은 나무 껍질에 새겨놓은 문자 같아서 그 나무가 자라남에 따라 확대된다. 한 가지 나쁜 버릇을 고치면 다른 버릇도 고쳐진다. 한 가지 나쁜 버릇은 열 가지 나쁜 버릇을 만들어낸다는 것을 잊지 말라. 나쁜 습관을 버리고 좋은 습관을 가져야 한다. 오늘 그릇된 한 가지 습관을 고친다는 것은 새롭고 강한 성격으로 출발한다는 것을 의미한다.

quotation of precious wisdom

실패는 성공으로 가기 위한 길목일 뿐이다

실패를 두려워하지 마라. 처음 겪는 일일지라도 그리고 전에 실패를 맛보았던 일일지라도 미리 실패를 걱정하는 어리석은 일은 하지 마라. 실패를 걱정하여 아무런 일도 하지 못하게 되면, 그것은 정말로 삶의 큰 실패를 당신에게 안겨주게 된다. 오늘, 실패를 걱정하지 말고 다시 세상에 도전하라. 당신이 아무 것도 안하고 삶을 실패하느니 차라리 이것저것 도전하여 실패도 해보고, 그 실패를 바탕으로 성공도 하는 그런 사람이 훨씬 현명한 사람이다. 오늘 당신이 적극적인 사람이 되어 자신의 운명을 개척해 나가라.

quotation of precious wisdom

따뜻함을 원하거든 '내 탓이오' 라고 말하라

자신의 책임을 다른 사람에게 돌릴 때 갈등이 일어난다. 자기 때문에 잘못된 일도 '네 탓' 으로 돌리는 순간 싸움이 시작되는 것이다. 자신에게 잘못이 없더라도 '내 탓' 이라 여기고 그 문제가 올바르게 해결되도록 함께 하는 사람이라면 가장 가슴 뿌듯한 행복을 느낄 수 있을 것이다.

quotation of precious wisdom

지혜는 위기와 고통의 순간에 나온다

위기란 기회의 다른 모습일 뿐이다. 누구든지 자기에게 다가온 기회를 살리고 싶어한다. 그러나 실상 기회가 왔지만 그것이 기회인지 제대로 인식하지 못해 그냥 놓쳐버릴 때가 많다. 기회라는 것은 종종 하나의 위기로서 다가온다. 그렇기에 많은 사람들은 기회가 자기 자신에게 찾아왔어도 고민만 하다가 기회를 놓쳐버리는 경우가 많다. 당신도 돌이켜 보면 기회를 놓쳐 버리곤 했을 것이다. 당신에게 기회가 왔지만 그것이 기회인지도 모른 채 그냥 흘려보내고, 기회를 위기로만 인식하여 기회를 사장시켜 버린 적도 있을 것이다. 당신에게 위기가 찾아왔을 때 절망만 하지 말고 그 위기가 기회의 다른 모습인가를 살펴보는 지혜로움이 필요한 세상이다.

quotation of precious wisdom

어떻게 사느냐가 중요하다

한 우물을 파라는 말은 옛말이 아니다. 고만고만한 재능이 여러 가지 있다고 해서 그 사람이 성공할 수 있을까? 그 정도의 능력은 누구나 갖고 있을 수 있다. 많은 경험보다는 깊이 있는 경험이 백 배 낫다. 양보다는 질이다! 지금 자신이 하고 있는 일에 집중하자.

quotation of precious wisdom

열매는 말없는 나무들만이 얻는 결과물이다

인내하라. 인내의 열매는 달다. 어떤 어려운 일에 처할지라도 포기하지 않는 인내심을 길러라. 지금 당장에 이루어지지 않는다고 포기한다면 그 일은 절대 이룰 수 없다. 인내의 열매는 달다. 뜻한 일을 이루기 위해서는 여러 난관에 부딪히게 된다. 그러나 인내심을 가지고 그 어떤 일이라도 차근차근 해 나가면 언젠가는 원하는 것을 이룰 수 있다. 살다보면 너무 힘들어 포기하고 싶은 일들이 생긴다. 그러나 포기하지는 마라. 만약 어떤 일에 대하여 포기한다면 그것으로 그 어떤 일도 이룰 수 없다.

quotation of precious wisdom

문제는 내가 어떤 친구가 될 수 있느냐다

참된 우정은 앞과 뒤가 같다. 앞은 장미로 보이고 뒤는 가시로 보이는 것이 아니다. 그러므로 참다운 우정은 삶의 마지막 날까지 변하지 않는다. 중요한 것은 얼마나 많은 친구를 만나느냐가 아니다. 내가 어떤 친구가 될 수 있느냐가 참다운 우정을 가늠한다.

quotation of precious wisdom

인간은 더불어 함께 살아갈 때 강해진다

세상을 생각하라. 이 세상은 당신 혼자만 사는 세상이 아니다. 그리고 세상에 홀로 나만 있는 삶은 아니다. 네가 있고 내가 있고 우리가 사는 세상이다. 당신이 오로지 자신만을 생각할 때 당신 자신도 불행한 것이고 당신의 주변을 둘러싼 사람도 불행하게 되는 것이다. 당신이 남을 생각할 수 있을 때 진정으로 당신이 잘 살 수 있는 법이다. 세상을 생각하라. 만약 남이 다 못 사는데 당신 혼자만 잘 산다면 당신이 잘 사는 것이 아니다. 정말 잘 사는 길은 나만 잘 사는 것이 아니라 너도 잘 살고 나도 잘 살고, 우리가 다같이 잘 살 때, 당신도 이런 세상에서 잘 살 수 있다. 당신이 진정으로 이 세상에서 행복하고 잘 살기를 바란다면 세상을 생각하라. 그리고 이웃을 생각하라.

quotation of precious wisdom

어머니에게서 사랑을 배워라

어머니는 그 자체로 위대하다. 사랑의 표본이며 인간애의 상징이다. 어머니는 자식들을 위해 날마다 기도한다. 그 기도가 자식들에게는 잔소리로 들릴지도 모른다. 하지만 자식들이 태어나기 전부터 어머니는 하루도 쉬지 않고 기도해 왔고, 죽는 날까지도 자식들의 내일을 기도한다. 자식들이 아무리 노력해도 어머니의 마음에 근접하지 못하는 이유다.

quotation of precious wisdom

조금씩 조금씩 실천하라

하나에서 먼저 성공하라. 그러면 다른 것에서도 성공한다. 당신에게 있어 하나의 성공은 다른 성공을 가져오는 법이다. 대부분의 사람들이 한꺼번에 많은 성공을 바라지만 두세 마리의 토끼를 한꺼번에 좇는다면 다 놓칠 가능성이 높다. 먼저 하나에서 성공하는 것이 중요하다. 성공의 시너지Synergy 효과를 활용하면 둘, 셋의 성공은 하나의 성공보다는 쉽게 이루어질 수 있다. 하나에서 먼저 성공하라. 그러면 다른 것에서도 성공한다. 당신에게 가장 중요한 것은 이것저것 성공하는 것이 아니라 먼저 하나의 성공을 가져보는 것이다. 먼저 성공에 대한 성취감과 만족감을 느껴보아야 한다. 그리고 나서 또 다른 성공을 위해 도전할 때 의욕과 열정을 가지고 힘차게 도전할 수 있게 된다.

quotation of precious wisdom

어려운 문제에 집착하기보다 발상을 바꿔라

민들레는 가장 척박한 땅에서도 잘 자라는 풀이다. 어떤 정원사에게는 잡초였더라도 이 풀을 이용해 아름다운 정원을 만드는 정원사도 있을 것이다. 처음부터 해결할 수 없는 문제를 가지고 시간을 낭비하지 말라. 조금만 발상을 바꿔도 많은 문제들이 쉽게 풀리는 게 우리의 삶이다.

quotation of precious wisdom

프로는 결코 주변인으로 살지 않는다

어슬렁거릴 것이라면 일을 그만두라. 만약 당신이 일을 하지 않고 뒤에서 어슬렁거릴 것이라면 차라리 그 일을 하지 말고 당장 그만두는 것이 당신에게 이롭다. 하기 싫은 일을 억지로 하면서 뒤에서 어슬렁어슬렁 거리는 바보 같은 짓은 하지 말라. 어슬렁거릴 것이라면 당장에 일을 그만두라. 당신이 하는 모든 일에 있어서 능동적으로 움직여라. 당신이 일을 하는 모습, 그 안에는 당신의 '내일' 이 숨쉬고 있다.

quotation of precious wisdom

더불어 누려야 행복이 커지는 법이다

더불어 사는 사회다. 나만 정직하게 산다고 행복해지는 것은 아니다. 정직하지 않은 사람들을 올바른 방법으로 이끌 수 있어야 더불어 행복한 것이다. 사람은 조그마한 은혜에도 기뻐하며 보답하려고 한다. 친절을 심는 자는 사랑을 추수한다. 감사할 줄 아는 마음에 즐거움을 심는 것은 절대로 헛수고가 아니다. 다른 사람에게 무엇인가를 줄 수 있다는 사실만으로도 우리는 행복해지기 때문이다.

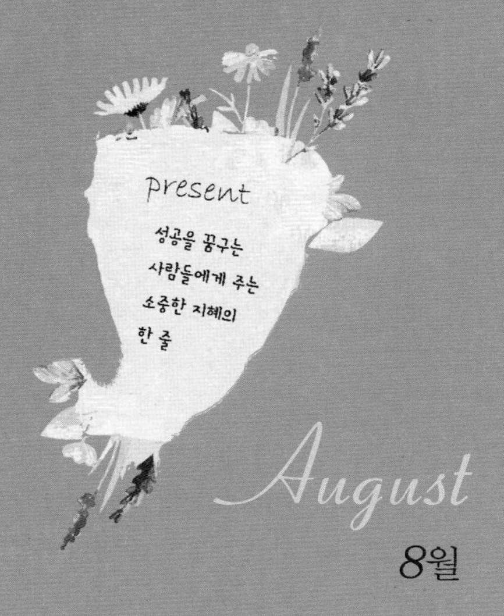
present
성공을 꿈꾸는
사람들에게 주는
소중한 지혜의
한 줄

August

8월

quotation of precious wisdom

실제로 소유하고 싶다면 계획을 세워라

가지고 싶은 것들에 대해 계획을 세우고 당신의 것으로 만들어라. 가지고 싶은 것을 가지고 싶다고 마음속에 품고만 있으면 그것을 얻기 힘들다. 당신이 진정으로 그것을 가지고 싶다면 손에 넣기 위한 구체적인 방법을 마련하여야 한다. 가지고 싶은 것들에 대해 계획을 세우고 당신의 것으로 만들어라. 지금 가지고 싶은 것들에 대해 적어 보아라. 가지고 싶은 물건의 목록과 가격, 그리고 구입 방법과 실현할 수 있는 시기를 적어 보자. 가지고 싶다는 마음만으로는 가질 수가 없다. 그것을 가지기 위하여 계획을 세우고 실천하여야만 얻을 수 있다.

quotation of precious wisdom

무지를 내세우면 사람들에게 피해를 준다

조금 아는 바가 있다 해서 스스로 뽐내며 남을 깔본다면 장님이 촛불을 들고 걷는 것 같아 남은 비춰 주지만 자신은 밝히지 못한다. 한 순간이라도 자신의 능력을 오판하거나 너무 과신하는 사람은 자신의 삶을 망칠 가능성이 높다.

quotation of precious wisdom

복수심은 더욱 커다란 불행으로 몰아넣는다

마음에 복수심이 든다면 당신이 힘들어도 마음을 바꿔 관용의 미덕을 베풀 줄 알아야 한다. 삶에서 가장 좋은 복수는 당신이 너그러운 마음으로 용서하면서 당신의 삶에서 일탈하지 않고 다른 사람보다 행복하고 더 잘 살면 되는 것이다. 당신에게 누군가 잘못을 했을 때에 대부분의 경우 복수를 꿈꾸게 된다. 복수심에 젖은 마음이 당신을 망치는 길로 인도하더라도 사람은 복수심을 쉽게 버리지 못한다. 하지만 분명하게 알아야 할 것이 하나 있다. 그것은 복수를 꿈꾸는 당신의 분노는 결국 자신을 향한다는 것이다. 복수의 거센 분노는 당신을 상처 입게 하고 당신을 더욱 커다란 불행 속으로 밀어 넣는다.

quotation of precious wisdom

지나친 욕심은 자신을 가두는 함정이다

정당하게 일해서 필요한 만큼 얻는 것은 욕심이 아니다. 하지만 너무 욕심을 부리면 화를 당하기 마련이다. 그 욕심이 더 커지면 다른 사람에게도 피해를 끼친다. 사람들은 누구나 욕심을 가지고 있다. 그 욕심을 내가 감당할 수 있을 만큼만 채울 수 있도록 만드는 것이 공부며 지혜다.

quotation of precious wisdom

진흙탕에서도 보석은 보석이다

이 세상의 진흙탕 속에 있을지라도 앞으로 나아가라. 당당하게 그리고 꾸준하게 세상을 향하여 나아가라. 당신이 이 세상의 진흙탕에서 지금 뒹굴고 있을지라도 내일을 꿈꾸면서 그 진흙탕에서 걸어나와라. 당장 힘이 부친다면 기어서라도 나와라. 그래도 힘들면 잠시 쉬었다가 다시 시도하라. 이 세상의 진흙탕 속에 있을지라도 앞으로 나아가라. 꾸준하게 그리고 당당하게 이 세상과 맞서다 보면 당신은 어느새 세상의 중심에 있게 된다. 당당하게 그리고 꾸준히 세상을 향해 나아가라.

quotation of precious wisdom

명작은 한순간에 만들어지지 않는다

명작은 어느 순간에 만들어지는 것이 아니다. 명작은 완성이 없다. 돈 때문에, 명예 때문에 조급하게 서두르면 명작이 나올 수 없다. 우리의 삶도 마찬가지다. 명작의 삶을 살고자 한다면 서두르지 말고 하나의 목적에 최선을 다해야 한다.

quotation of precious wisdom

시작이 없으면 결과도 없다

앞을 향하여 나아가라. 당신이 지금 멈춰 있다면 그것은 바로 당신의 퇴보를 의미한다. 능력이 뛰어나고 지식이 많다고 해도 그것을 믿고 제자리에 머문다면 그것은 곧 퇴보이다. 당신이 멈춰 있을 때 다른 사람들은 멈춰 있지 않고, 이 세상도 멈춰 있지 않는다. 다른 것들은 변화하고 발전해 나가는데 당신이 멈춰 있다면 당신은 머지않아 뒤질 수밖에 없다. 그리고 삶의 낙오자가 될 수밖에 없다. 또한 당신이 배우기를 멈춰서는 안 된다. 배우기를 멈추는 순간 남에게 뒤처질 수밖에 없다. 배우기는 살아 있는 동안 계속해서 해야 되는 인간의 의무인 동시에 당신의 의무이다. 배우기를 멈춘다는 것은 결국 더 이상의 발전을 포기하는 것과 마찬가지이다. 그러기에 배우기를 멈춰서는 안 되고, 필요한 지혜와 지식들을 늘 찾아서 배워야 한다.

221

quotation of precious wisdom

욕망이 줄어들면 행복은 늘어난다

욕망을 채우기 위해 잃어버린 것들이 얼마나 많은가 생각해 보라. 지금 일어나는 욕망을 억누르고 마음의 평온을 가지려고 노력하라. 욕망이란 처음에는 눈에 보이지 않을 정도로 느리게 진행되다가 일단 그 목적을 달성하고 나면 걷잡을 수 없이 파멸을 향해 달려가는 법이다.

quotation of precious wisdom

끊임없는 연습만이 성공을 보장한다

퇴화된 날개로는 하늘을 날지 못한다. 당신이 이 세상을 살아가면서 무수히 많은 실패를 경험한다 할지라도 당신은 비상하기 위한 연습을 계속 해야 한다. 그래야만 당신에게 세상을 날 수 있는 기회가 왔을 때 날 수 있다. 퇴화된 날개로는 하늘을 날지 못한다. 꾸준히 하늘을 나는 연습을 했을 때만 하늘을 날 수 있다. 나비도 바로 나비가 되는 것은 아니다. 먼저 애벌레로 태어나 땅 밑 어둠 속에서 오랜 기간을 고통 속에서 지내고 인내하여, 그 인내의 시간이 지났을 때만 나비가 된다. 남의 위치만 부러워할 것이 아니라 당신이 당신의 삶에 대한 준비를 꾸준하게 하는 것이 무엇보다도 중요하다. 아무것도 하지 않으면서 어떤 결과를 바란다는 것은 정말로 어리석은 생각이다. 만약 자신의 행복을 바란다면, 그 길을 가기 위해 준비해야 될 것들을 먼저 준비하여야 한다. 그리고 준비가 끝났을 때, 당신은 그 길을 떠날 수 있다.

quotation of precious wisdom

마음을 낮추는 것만으로도 그대는 지혜롭다

가장 현명한 사람이란 스스로를 지혜롭다고 전혀 생각하지 않는 사람이다. 진정한 지혜는 모든 것에 대한 지식이 아니라 살아가는 데 가장 필요한 지식과 불필요한 지식과 알 필요가 없는 지식을 구별하는 것이다.

quotation of precious wisdom

개인적인 성공에는 모델이 없다

남의 성공을 무작정 추종하지 마라, 성공적인 삶으로 이끄는 요인들은 많이 있다. 남의 성공 요인을 무조건적으로 추종하는 것은 문제가 있다. 아무 것도 안 하는 것보다는 조금 나을지 몰라도 그것이 최선의 방법은 아니다. 남의 성공을 무작정 추종하지 말고, 자신이 성공하기 위하여 필요한 성공 요인에 대하여 깊이 생각해 보자. 남의 성공을 무작정 추종하지 마라. 현재 자신이 처한 위치와 상황에서 자기의 삶을 성공으로 이끄는 요인이 무엇이 있는가에 대하여 먼저 알아야 한다. 지금 당신을 성공으로 이끌 요인은 무엇인지 정리해 보자. 그리고 당신이 가지고 있는 것을 적어 보고, 부족한 것을 체크해 보자. 이런 과정을 거친다면 당신이 가진 성공의 무기와 당신에게 부족한 성공요인이 무엇인지 알 수 있게 된다.

quotation of precious wisdom

삶 그 자체를 즐거움으로 받아들여라

사람들은 언젠가는 자신이 가는 길에 의문을 두게 된다. 때로는 커다란 상실감으로 인해 우울해진다. 모든 것을 버리고 낯선 세계로 떠나고 싶다. 하지만 그런다고 텅 빈 마음이 채워지는 것은 아니다. 자신의 삶에 회의감이 든다면 도피하지 말고 더 과감하게 맞서야 한다. 무료한 일을 즐겁게 만들기 위해 노력해야 한다. 삶을 즐기는 동안 인생의 의미는 보다 선명해진다.

quotation of precious wisdom

결단은 빠를수록 좋다

결단을 내려야 할 때 결단을 내려라. 결단이란 바로 자신의 신념이 바탕이 되는 것이다. 어떤 일을 함에 있어서 이것도 아니고 저것도 아닌 어정쩡한 상태로 결단을 내리기를 미룬다면 결국 시간만 낭비하고 만다. 결단을 내려야 할 때 결단을 내릴 수 있는 사람만이 발전과 성공의 길로 접어들 수 있다. 자신이 빠르고 정확한 결단을 내릴 수 있도록 자신을 훈련하라. 그리고 지금 하고 싶은 일에 대하여 자신의 결단을 내리고 그것을 행동으로 실천하는 작업에 들어가라. 다시 한번 강조하지만 결단을 내려야 할 때 결단을 내릴 수 있는 사람만이 발전과 성공의 길로 접어들 수 있다.

quotation of precious wisdom

지금 이 순간을 가장 인간답게 살자

그대는 무엇을 위해 살아가는가? 미래를 위해 시간과 돈을 절약하며 살아가는 일은 당연하다. 하지만 '오늘'은 지나고 나면 다시는 오지 않는다. 오로지 미래에 묶여 '오늘'이라는 삶의 공간을 희생할 필요는 없다. 지금 이 순간을 가장 인간답게 살자!

quotation of precious wisdom

유서를 쓰는 마음으로 살아가자

자신에게 유서를 써라. 내일 죽는다는 마음으로 유서를 쓰자. 우리에게 과거와 미래란 없다. 이것들도 다만 현재라는 순간을 통하여 빛나고 있는 것이다. 우리는 매일 유서를 쓰듯 이 세상을 살아가야 한다. 당신에게 주어진 오늘 이 시간은 다시는 돌아오지 않는다. 어제의 당신은 어제 죽었고 바로 오늘의 당신으로 사는 것이다. 그리고 현재에 있는 삶의 바탕에서 오늘 당신은 죽고, 내일에 있는 오늘에서 당신은 다시 살게 된다. 자신이 매일 죽는다는 사실을 깨닫고 유서를 쓰는 마음으로 이 세상을 살아가라. 자신에게 유서를 써라. 내일 죽는다는 마음으로 유서를 쓰자. 당신이 유서를 쓰는 마음으로 이 세상을 산다면 오늘을 충실하게 살 수밖에 없다. 그리고 내일이라는 오늘에서 당신이 쓴 유서를 보면서 당신의 삶을 개척해 나가라. 이렇게 한다면 당신의 내일은 밝고, 발전과 성공의 문은 당신 앞에 놓이게 된다.

quotation of precious wisdom

마음의 부자가 되라

지금 당장 그대가 빈털터리라 하더라도 그대가 사람들에게 나누어줄 수 있는 것은 많다. 그대는 그대 자신을 가졌고, 그대가 가진 따뜻한 마음은 나누면 나눌수록 더 커지는 무한대한 것이다. 마음이 가난한 부자는 오히려 나눌 것이 없다. 마음이 부자인 사람이 진정한 부자가 될 수 있다.

quotation of precious wisdom

마음의 문을 열면 온 세상이 활짝 열린다

지금 문 밖으로 나서라. 삶의 경이로움이 당신을 기다리고 있다. 그리고 전시회에도 가 보자. 그것이 예술 분야의 전시든, 첨단 기술의 전시든, 박물관이든 그런 곳에 가 보자. 당신의 삶을 풍요롭게 해주는 그런 장소에 가 보자. 말보다는, 글보다는 당신이 직접 한 번 보는 것이 훨씬 좋은 방법이다. 지금 문 밖으로 나서라. 삶의 경이로움이 당신을 기다리고 있다. 당신이 그런 곳에 다녀옴으로써 여러 가지의 이익을 가져올 것이다. 가장 큰 이로움은 당신의 삶에 경이로움을 가져다주는 것이다.

quotation of precious wisdom

환경을 탓하지 말고 환경을 만들어라

우리의 삶의 방법은 환경에 좌우되지 않고 환경에 대한 태도에 따라 결정된다. 환경이나 일이 우리의 인생을 채색할 수는 있겠지만, 그 색의 선택권은 오직 우리에게 있다. 포기하는 것을 좋아하는 사람만이 환경을 탓한다.

quotation of precious wisdom

말로 용감하다고 해서 용감한 것이 아니다

말로만 용감하고 실지 행동은 그렇지 못한 비겁한 사람이 되어서는 다른 사람의 놀림감이 될 뿐이다. 사자를 잡는 사냥꾼이 되려면 먼저 용기를 획득하고 훈련을 통하여 자신을 훌륭한 사냥꾼으로 만드는 것이 중요하다. 그렇듯 우화에 나오는 사냥꾼처럼 말만 내세우는 사람이 되지 마라. 말로만 용감하다고 해서 자신이 용감해지는 것은 아니다.

quotation of precious wisdom

실현 불가능한 소망은 일찍 버릴수록 좋다

인간이 자연에 적응해 나가야지 자연이 인간에 적응할 수는 없다. 자연의 법칙을 거스르면 거스를수록 인간은 더 큰 대가를 치러야 한다. 보다 더 현실적으로 거듭나라. 현실성 있는 일을 하는 것이 그대에게는 자연스러운 일이다.

quotation of precious wisdom

능력을 갖췄을 때 당당하게 요구할 수 있다

강한 자에게 함부로 자신의 몫을 요구하지 말아야 한다. 자칫 잘못하다가는 자신의 몫을 챙기지도 못하고 강한 자에게 자신이 당하고 만다. 그렇다고해서 언제까지나 비굴하게만 살라는 말은 아니다. 자신의 힘과 능력을 기르고 나서 당당하게 자신의 몫을 요구할 줄 알아야 한다. 사회의 조직에서도 개인의 처세는 마찬가지이다. 자신의 처지를 제대로 알지 못하고 자신의 몫만 요구하다가는 조직의 강한 자에게 배척을 당하고 만다. 먼저 자신의 실력과 능력이 갖추어져 있을 때, 전직도 자신이 원하는 대로 마음대로 할 수 있는 것이고 자신의 몫도 당당하게 요구할 수 있는 것이다. 당신이 어디에 있든 자신의 몫을 요구하기 전에 먼저 자신의 상황을 돌아볼 수 있는 자세를 견지하는 것이 당신을 위험으로부터 보호해 준다.

quotation of precious wisdom

아침이 찾아오지 않는 밤은 없다

생명이 있는 한 희망이 있다. 희망은 모든 일을 할 수 있다고 가르치고, 절망은 모든 일을 하기 어렵다고 가르친다. 절망은 사물을 부정적으로 보도록 유도하지만, 희망은 사물을 긍정적으로 보도록 유도한다. 절망을 친구로 삼을 것인가, 아니면 희망을 친구로 삼을 것인가? 그대는 어느 쪽을 선택할 것인가?

quotation of precious wisdom

내뱉은 말은 주워 담을 수 없다

'예리한 칼에 의해 생긴 상처는 의사의 치료를 받을 수 있지만 말에 의해 생긴 상처는 어떤 것으로도 치유할 수 없다.' 사람들은 때때로 말을 잘못해서 자신의 처지를 어렵게 만들기도 한다. 말을 할 때는 조심스럽게 하여야 한다. 어떤 말이든 당신이 한번 내뱉은 말은 주워 담을 수가 없다. 또한 상대에 따라 신중하게 말을 선택하여 말할 줄도 알아야 한다.

quotation of precious wisdom

그럼에도 불구하고 다시 일어서라

어느 조각가가 작품을 만들다 갑작스런 사고로 오른손을 잃게 되었다. 그 조각가에게 오른손은 생명과도 같은 것이었다. 그는 잠시 절망했지만 작품에 대한 애정을 꺾을 수는 없었다. '내게는 아직 왼손이 남아 있다.' 그는 왼손만으로 조각을 하기 시작했다. 처음에는 마음대로 되지 않아 애를 먹었고 몇 배나 되는 시간이 필요했다. 하지만 그는 조각상을 완성하게 되었고 그것에 특별한 이름을 붙였다. '그럼에도 불구하고' 라고.

quotation of precious wisdom

이기적 논리는 사람들이 받아들이지 않는다

남을 생각하는 자비심에서 우러나온 것이 아니고 사리사욕을 위해 그들의 이웃 사람들에게 말하는 사람은 자신이 그렇게 당하게 된다. 당신이 하는 말이 아무리 좋은 논리라도 자신만을 위하고 남을 생각하지 않는다면 다른 사람들에게 그 논리는 잘 먹히지 않는다. 사람들은 때때로 자신의 이익을 위하여 교묘한 논리로 다른 사람을 속이려고 한다. 그러나 그것은 다른 사람들로부터 또 다른 불신을 가져와 당신을 따돌림 시키는 계기로 작용할 수도 있다. 실패하는 사람들의 나쁜 습관 중의 하나는 자신만의 이익을 찾고 있다는 것이다. 그들은 삶은 치열한 경쟁이라며 다른 사람이 성공하지 못하도록 하면 자신이 잘 될 것으로 생각한다. 그러나 자신만 잘 되려고 하다 보면 결국 자신이 실패하고 만다.

quotation of precious wisdom

좌절을 겪은 사람이 승리를 맛볼 수 있다

러시아의 소설가 안톤 체홉은 성적이 나빠 두 번이나 낙제를 했다. 후일 세계적인 작가가 된 그가 국어 때문에 낙제를 했던 적도 있다. 그리고 과학자로 유명한 아인슈타인은 다섯 살이 될 때까지 지진아였다. 처칠도 낙제를 했던 학생이었고 링컨도 대통령이 되기 전까지 사회의 낙오자로서 수많은 좌절을 겪어야만 했다. 좌절을 겪은 사람만이 참된 승리를 맛볼 수 있다.

quotation of precious wisdom

웃는 자가 최후의 승자다

짜증나는 삶일지라도 웃음을 잃지 말라. 당신이 어떠한 상황에 처해도 웃음을 잃지 않으려는 자세가 중요하다. 웃음을 잃지 않는다는 것은 삶의 에너지를 잃지 않는 것이기에, 비록 당신이 짜증나는 삶일지라도 웃는 연습을 하라. 웃음을 간직한다는 것은 삶의 에너지를 간직하는 것이고 삶의 에너지를 증폭시키는 일이다. 짜증나는 삶일지라도 웃음을 잃지 말라. 당신의 유머는 당신의 강력한 힘이다. 유머는 당신 자신을 유쾌하게 해서 창의적인 에너지를 이끌어 냄은 물론 대화를 주도할 수 있는 소재를 주기에 당신이 좀더 재미있는 대화를 유도할 수 있다. 그런 대화를 통하여 상대방의 호감을 이끌어낼 수도 있다. 유머를 늘 잃지 말고 최신 유머를 알아두는 것에 대해서 당신이 인색해하지 말자.

quotation of precious wisdom

재능에 날개를 달아라

조용한 섬나라 뉴질랜드. 그 곳에는 날지 못하는 새가 다섯 종류나 있다. 왜냐하면 그 섬에는 새의 천적이 되는 다른 동물들이 없기 때문이다. 심지어 뱀들도 독이 없다고 한다. 그래서 새들은 굳이 공중으로 날아오를 필요가 없게 되었고, 그저 나뭇가지나 땅에서 지내다 보니 날개는 있어도 날지 못하는 새가 되었다는 것이다.

quotation of precious wisdom

사람은 작은 배려에서 큰 감동을 받는다

기념일을 기억하라. 친구든 가족이든 직장의 동료든 그리하여 그 기념일에 작은 축하를 해줄 수 있는 배려를 하자. 그러면 당신의 삶은 당신이 기억해준 그 사람들로 인하여 풍요로워질 것이다. 남의 기념일을 기억 못하는데 당신의 기념일에 축하받고 싶어한다면 그것은 정말 잘못된 생각이다. 기념일을 기억하라. 오늘 당신의 주변에 있는 사람들의 기념일을 정리해 보아라. 당신의 가족의 기념일과 기타 그 밖의 사람들의 생일과 기념일을 기억해 두었다가 그들에게 축하를 보내자. 그러면 그들은 다시 당신의 삶에 축복을 가져다준다.

quotation of precious wisdom

우연에 자신의 운명을 맡기지 마라

주관이 없는 사람은 노를 잃고 표류하는 난파선과 같다. 오로지 우연에 자신의 운명을 맡겨야 한다. 지금 뛰어난 재능을 가지고 있더라도 그것을 활용하고 발전시키지 않으면 금방 도태되고 만다. 날개를 잃고 나서 자신의 운명을 탓한다 한들 무슨 소용이 있겠는가? 날지 못하는 새가 되기 전에 저 높은 공중으로 날아올라라. 나는 동안 그대는 나는 일이 얼마나 위대한 기술인지 깨닫게 될 것이다.

quotation of precious wisdom

쉽게 믿는 것은 삶을 망치는 길이 될 수 있다

사람들은 때때로 자신이 제대로 확인해 보지도 않고 남의 평판으로만 믿으려는 경향을 보인다. 그러나 이렇게 할 때에는 자신이 큰 피해를 입을 수도 있다. 남의 평판도 중요하지만 자신이 잘 알아보고 내리는 현명한 판단이 더 중요하다. 세상을 살아가면서 어떤 것에 대해서든 너무 쉽게 믿지 말아야 한다. 과거의 사회에서는 솔직함이 일상적이었지만 복잡하고 다양화된 현대사회에서는 악의를 품은 행동들이 일상적이다. 어떤 것이든 너무 쉽게 믿다가는 자신의 삶을 망치는 지름길이 될 수 있다.

present

성공을 꿈꾸는
사람들에게 주는
소중한 지혜의
한 줄

September

9월

quotation of precious wisdom

나만의 사과나무를 심어보자

시간이 지나면 육체는 자연으로 돌아가지만, 그 정신은 남아서 후대로 계속해서 이어진다. 우리는 선조들로부터 물려받은 것들에 둘러싸여 살아가고 있다. 역사를 부정하는 것은 바로 나 자신을 부정하는 일이다. 오늘 내가 심은 나무 한 그루가 먼 훗날에는 빛나는 역사가 될 수도 있다. 나만의 사과나무를 심어보자!

quotation of precious wisdom

책은
또 다른 값진 경험이다

책을 읽어라. 당신이 모르는 것은 책이 알려준다. 당신이 모르는 것은 책에 있다. 당신의 무지를 깨우쳐 주는 것은 책이다. 책은 곧 스승이요, 삶의 동반자이다. 당신에게 있어 독서는 결코 취미가 아니라 삶의 일부가 되어야 한다. '책은 위대한 천재가 인류에게 남긴 유산이다.' 라는 말처럼 독서는 선인들의 발자취를 깨닫게 하며 이를 자신의 것으로 만들어 새로운 것을 창출해낼 수 있는 원동력이다.

quotation of precious wisdom

지식만으로는 경험을 이기지 못한다

생활 속의 지혜는 경험에서 나온다. 경험은 자신이 알고 있는 식을 빛나게 해 주는 역할을 한다. 뒤에 가는 사람은 먼저 간 사람의 경험을 이용하여, 같은 실패와 시간 낭비를 되풀이하지 않고 그것을 넘어서 한 걸음 더 나아가야 한다.

quotation of precious wisdom

잠재의식은 가장 위대한 삶의 에너지다

자신의 내면에 숨겨져 있는 잠재의식을 개발하라. 인간의 잠재의식은 무한한 힘을 발휘한다. 잠재의식이란 당신의 내면에 숨겨져 있다. 그렇다고 해서 잠재의식이 표출되지 않는 것이 아니다. 어떠한 계기가 된다면 잠재의식은 바로 나타나 영향을 미친다. 자신에게 힘을 줄 수 있는 잠재의식은 저절로 만들어지는 것이 아니다. 평상시에 잠재의식을 개발하려는 노력에 의하여 만들어진다. 자신의 내면에 숨겨져 있는 잠재의식을 개발하라. 자신에게 긍정적으로 작용할 수 있는 것들에 대해 자신의 머리 속에 입력시켜라. 지금 당장 효과가 나타나지 않는다고 하여 실망할 필요는 없다. 그것들은 언젠가 당신의 잠재의식 속에서 하나의 힘이 되어 당신에게 나타난다.

quotation of precious wisdom

혼자 살 수 없다면 더 따뜻한 '우리'가 되라

미국의 서부 고지대에 있는 세코이아공원은 항상 강풍이 몰아친다. 그런데 이곳에서 자라는 세코이아나무는 아무리 바람이 거세게 불어도 끄떡 없다. 다른 나무들은 강풍을 견디지 못하고 넘어지거나 뿌리째 뽑혀 버렸다. 이 나무들은 땅에 얕게 뿌리를 내리고 있다. 하지만 뿌리들끼리 뒤엉켜 서로를 지탱해 준다. 또한 울창한 숲을 만들어 바람을 막아주고 있었다. 이것이 바로 세코이아나무가 고지대의 강풍을 이겨낸 비결이다.

quotation of precious wisdom

침묵은 자신과의 대화의 시간이다

자신에게 질문을 던져라. 오늘 자신에게 편지를 써 보라. 대부분의 사람들은 세상을 살다보면 자신이 진정 무엇을 원하는지 그리고 자신이 어떠한 상황에 처해 있는지도 모르고 삶에 허덕거리면서 살아간다. 세상살이가 '너무 힘들어서', '너무 바빠서' 라는 핑계를 대면서 자신의 참모습을 보기를 외면하는 사람들이 많다. 오늘, 자기 자신에게 편지를 쓰자. 그리하여 당신이 누구인지, 그리고 어떻게 살고 있는지에 대하여 질문을 던져 보는 시간을 가져라.

quotation of precious wisdom

지금 이 순간에도

인간을 사람답게 만들고 지혜를 얻도록 만드는 것은 바로 고난과 시련이다. 인간에게는 혼자서 해결할 수 없는 고난도 많다. 그래서 사회가 생겨났다. 혼자서 살 수 있다면 그는 더 이상 사회인이 아니다. 혼자서 살아갈 수 없다면, 우리는 보다 더 살갑게 서로에게 다가서야 한다. 지금 이 순간에도 수많은 고난과 시련이 찾아오고 있기에.

quotation of precious wisdom

성공의 첫 번째 조건은 건강이다

건강해야 모든 것을 할 수 있다. 세상을 살면서 참으로 어리석은 자들은 원하는 것을 성취하기 위하여 자신의 건강까지 해치면서 일을 하고 있다는 것이다. 아니 어리석지도 않고 본인도 알고 있지만 일을 위하여 할 수 없이 건강을 희생시키는 사람들이 많다. 그러나 자기가 원하는 것을 획득하였을 때도 건강하지 않으면 아무런 소용이 없다. 오늘부터라도 건강에 신경을 쓰자. 건강은 한 번 잃으면 다시 찾기 어렵다. 아무리 뛰어난 사람이라도 건강에 이상이 생기면 자기의 능력을 다 발휘할 수 없게 된다. 당신은 사회의 한 부분을 책임지는 사람으로서 건강을 지키는 것에 대해 소홀히 하면 안 된다. 건강을 지키는 것은 당신이 살아 있는 날까지의 의무 중 하나이다.

quotation of precious wisdom

스트레스를 그대로 방치하지 말라

스트레스를 이겨라. 세상을 살면서 당신에게 아주 해로운 것 중의 하나가 바로 스트레스이다. 적당한 자극은 당신의 발전을 위하여 필요한 것이지만 그것이 도가 지나쳐 당신을 파괴하는 스트레스가 된다면 크나큰 손실을 가져온다. 스트레스를 이겨라. 누구든지 세상을 살면서 스트레스를 안 받을 수는 없다. 그럼 당신이 받고 있는 과중한 스트레스를 어떻게 해결할 것인가? 여러 가지의 방법이 있지만 가장 좋은 것은 당신이 자신에게 맞는 스트레스 해소방법을 찾아내는 것이다.

quotation of precious wisdom

슬픔을 찬란한 기쁨으로 전이하라

때때로 슬픔도 힘이 된다. 그러나 슬픔에 매몰되지는 말라. 어느 소설의 제목처럼 슬픔도 힘이 될 수 있다. '비 온 뒤에 땅이 굳는다.' 라는 말처럼 슬픔을 겪고 나면 기쁨의 날들이 당신을 찾아올 것이고 슬픔으로 인하여 기쁨은 더욱 크게 느껴질 것이다. 그러나 슬픔이 깊으면 당신에게 아주 큰 해를 끼치게 된다. 때때로 슬픔도 힘이 된다. 그러나 지금 슬픔의 감정이 너무 넘친다면 슬픔의 감정을 떨쳐버리는 것도 필요하다. 슬픔을 느끼는 것은 아주 소중하고 중요한 것이지만 그 슬픔의 감정들이 자신을 지배하는 것은 경계하여야 한다. 슬픔의 감정에 지배당하게 되면 우울과 절망 그리고 좌절의 나날이 당신에게 찾아온다.

quotation of precious wisdom

창조하는 자는 고독한 사람이다

고독과 불안을 친구로 만들라. 그것들은 창의적인 힘을 준다. 그들을 적으로 만들 때는 그들은 적으로 돌린 당신을 공격한다. 그러나 고독과 불안을 친구로 만들면 그들은 당신에게 창의적인 힘을 준다. 고독과 불안을 친구로 만들라. 새로운 당신을 만들고 창의적인 당신을 만들려고 한다면 고독과 불안은 필연적으로 당신을 방문하기 마련이다. 당신이 그들을 멀리 하려고 억지로 쫓아낸다면 그들은 기를 쓰고 더욱 당신 가까이로 다가온다. 오늘 고독과 불안을 친구로 만드는 방법을 연구하라.

quotation of precious wisdom

여행은 세상을 발견하기 위한 수단이다

의미 있는 여행을 떠나라. 모든 것을 잊고 모든 것을 뒤로 한 채 아무런 미련도 갖지 말고 당신만의 여행을 떠나라. 당신을 뒤돌아보고 삶의 전망을 세울 수 있는 그런 여행을 떠나 보자. 당신의 발길이 닿는 대로 어디론가 가 보자. 아마도 여행 중에 당신은 당신을 얽매이게 하고 속박했던 것, 당신에게 생긴 문제들 그것들을 풀 수 있는 실마리를 찾을 수 있을 것이다. 그리고 여행으로 인하여 당신은 새로운 것들을 배우게 될 것이다.

quotation of precious wisdom

보이지 않는 재산에 더 큰 가치를 두라

당신이 가난하다면, 그럼 한 번 가지고 있는 것들을 기록해 보아라. 눈에 보이는 것들만이 재산이 아니다. 우리들에게 중요한 것은 눈에 보이는 재산보다는 눈에 보이지 않는 것들이다. 눈에 보이는 금전적인 것들이 아니라 보이지 않는 재산에 중점을 두어 적어 보아라. 그럼 한 번 가지고 있는 것들을 기록해 보아라. 당신이 가난하다고 생각하지만 한번이라도 당신 자신이 소유한 것들을 적어 본 적이 있는가? 당신의 재산들을 적다 보면 당신의 얼굴에는 웃음이 흘러나올 것이다. '내가 이렇게 많이 가지고 있었나?'

quotation of precious wisdom

자신만을 위한 추억을 만들자

특별한 장소에서 특별한 시간을 보내라. 대부분의 사람들이 대부분의 시간을 가족과 직장을 위해 살아간다. 그런 와중에 자신의 존재는 점차적으로 희미해져 간다. 그러다 보면 자신이 행복이라는 감정을 느끼기가 어렵다. 처음에는 가족과 직장이 당신에게 행복감을 줄 수 있을지 몰라도 당신 자신을 점차 잃어버린다면 그런 행복도 오래 가지는 않는다. 바쁘다고 하여 당신이 당신이기를 포기한다면, 당신의 삶에 행복이 찾아 오기는 어렵다. 너무 일이 바쁘다고 해서 포기하지 말자. 당신의 상황에 맞는 일들을 계획해 보자. 바쁜 와중에서도 잠시 짬을 내서 자기만의 시간을 가지든지, 아니면 집으로 돌아가는 어귀에 있는 공원의 한 쪽 구석에서라도 당신만의 특별한 시간을 가져라. 아마도 특별한 장소에서, 당신 혼자만의 특별한 시간을 가질 수 있다면 당신의 삶에 새로운 영감靈感들이 떠올라 당신의 삶을 활력 있게 만들 것이다.

quotation of precious wisdom

자신의 삶에는 다양한 가능성이 숨어 있다

매일 바쁘게 반복되는 생활로 인하여 아무런 취미를 가질 수 없다면 당신의 생활은 이내 무미건조하게 될 것이다. 대부분의 사람들이 일이 너무 바빠 그림을 그리고 시를 음미해볼 여유도 없다. 당신이 어떤 일을 하든지 자기에게 주어진 일들 때문에 너무 바빠, 생각은 있지만 대부분의 사람들이 취미생활을 포기한다. 하지만 취미생활을 포기한다는 것은 바로 자신의 삶에서 일로 인하여, 일정부분의 삶을 포기하는 것이다. 취미생활은 당신의 행복을 위해서 꼭 필요하다는 것을 스스로 인식하여야 한다. 취미생활이 취미로 끝나는 것은 아니다. 취미생활을 함으로써 새로운 당신의 존재가 생겨난다.

quotation of precious wisdom

지친 영혼이 머물러 쉴 공간을 비워두자

또 다른 삶의 양식인 집, 지금 당신이 살고 있는 집의 설계도를 그려 보아라. 이 집에서 개선해야 할 것들이 무엇이 있는지 적어 보자. 그런 후에 앞으로 당신이 살기 원하는 집을 그려보자. 집의 의미는 단순히 자고 생활하는 공간이 아니다. 당신의 삶을 영위하고 발전시키는 중요한 장소이다. 당신이 앞으로 살기 원하는 집을 그리면서, 당신의 미래를 구체적으로 설계할 수 있는, 기초를 머리 속에 떠올릴 수 있게 된다. 비록 집이 작고 누추하더라도 그 집을 어떻게 이용하느냐에 따라서 당신의 삶이 크게 바뀔 것이다. 또 미래에 머물 집을 그린다는 것은 바로 당신의 미래를 그리는 것이다. 집을 만들 때 중요한 것은 그곳에 살 사람, 즉 당신의 철학과 감정과 삶이 그 집에 표현되어야 한다. 그렇기에 당신이 그리는 집은 단순한 집이 아니라 당신의 삶을 그리는 것이다.

quotation of precious wisdom

존경하되 답습하지는 말라

당신의 발전모델을 만들어라. 그러나 당신이 발전모델을 그대로 쫓아할 필요는 없다. 그러나 그 모델의 걸어온 길을 당신이 참고할 필요는 있다. 어떤 모델이 있다는 것은 그것을 참고하여 모방, 변형을 통하여 새로운 창조의 방법을 모색할 수 있다는 것이다. 당신의 발전모델을 만들어라. 그리고 당신이 발전모델로 선정한 사람의 연대기와 어떤 이유에서 그 사람을 모델로 선정하였는지 정리해 보자. 이런 과정을 통하여 발전모델에서 필요한 것들은 무엇이며 당신이 그 발전모델 말고도 보충할 것이 무엇인지도 알게 된다.

quotation of precious wisdom

인생은 한 권의 책이다

한 권의 책을 만들어 보자. 어떤 일이든지 글로 써 보자. 당신만의 책을 갖는다는 것은 삶에 있어 아주 큰 의미가 있다. 그 책이 비록 프린터로 뽑아서 만들 것일지라도 당신의 생각과 삶, 그리고 주장 등을 담고 있는 아주 중요한 것이다. 그 책의 형식이야 어떻든 간에 당신만의 책을 한 권 만들어 보자. 그러면 당신을 돌아볼 수 있는 계기를 줄 것이며 또 당신 삶의 비상을 가져오는 계기가 될 수도 있다. 한 권의 책을 만들어 보자. 지금부터라도 조촐한 자서전일지라도 만들 수 있다면, 당신의 삶을 풍요롭게 해줄 현재 진행형의 책을 만들어 보자.

quotation of precious wisdom

프로는
아마추어로 돌아가지 않는다

마니아가 되어 보아라. 삶이 매일 즐거워질 것이다. 무슨 일이든 한 가지 일에 마니아Mania가 되어보는 것도 괜찮다. 무슨 일에 미친다는 것, 그것은 당신 삶에 있어서 중요한 것이다. 취미든, 아니면 당신의 직업과 관련이 있는 어느 일에 마니아가 된다는 것은 당신의 삶을 풍요롭게 해준다. 마니아가 되어 하나하나 그 대상을 정복해 나갈 때 당신의 삶에 숨어 있던 새로운 의미를 발견할 수 있다. 마니아가 되어 보아라, 마니아는자기의 취미에서 한 단계 발전한 단계이다. 어떤 한 분야의 최고 전문가Mania가 되어 그 지식을 최대로 활용한다면 아마도 당신의 삶이 매일매일 즐거워질 것이다.

quotation of precious wisdom

감성의 영역을 되살리자

좋은 영화 한 편은 당신 삶의 비타민이다. 많은 영화들이 다 당신에게 유익한 것이 될 수는 없다. 때로는 그냥 시간을 보내기 위하여 보는 영화도 있고, 일부러 보고 싶어서 시간을 할애해서 보는 영화도 있을 것이다. 그러나 영화도 당신에게 유익한 것을 골라서 볼 줄 알아야 한다. 좋은 영화 한 편은 정말 당신의 삶에 있어서 좋은 방향으로 막대한 영향을 끼친다. 그러나 나쁜 영화는 그만큼 당신의 삶에 나쁜 영향을 끼칠 수 있다. 좋은 영화 한 편은 당신 삶의 비타민이다. 아무 영화나 보지 말고 당신에게 유익한 영화를 보려는 노력이 필요하다. 영화는 상상력과 표현의 한계를 극복하게 해주어 또 다른 당신을 만드는 근원을 제공해 줄 수 있다.

quotation of precious wisdom

중요한 것과 그렇지 않은 것을 구별하라

당신이 가져야 할, 당신이 버려야 할 삶의 사소한 것들은 무엇인가? 삶이란 얼마나 사소한 것들이 모여서 만들어지는가? 사소하고 사소한 일들이 모여서 당신의 삶이 된다. 그러나 사소한 것에도 정말 쓸데없는 사소한 것들이 있고 반대로 정말로 중요한 사소한 것들이 있다. 대부분의 사람들은 정작 사소한 것에는 목숨을 걸고 정말 중요한 사소한 것들에는 신경을 쓰지 않는 경향이 있다. 당신이 가져야 할, 당신이 버려야 할 삶의 사소한 것들은 무엇인가? 당신을 돌아보면서 당신에게 있어 정말로 사소한 것들과 중요한 사소한 것들에 대하여 생각해 보아라.

quotation of precious wisdom

자신을 괴롭히는 병을 떨쳐버려라

내 몸은 누가 뭐라고 해도 내 것이다. 당신도 그렇지만 다른 사람들도 자신의 몸을 사랑한다. 그러나 역설적으로 대부분의 사람들은 자신을 괴롭히는 병도 사랑하고 있다. 깊이 생각해 보아라. 혹시 당신의 몸은 병으로 인하여 고통받고 있지만 당신은 그 병들을 끌어안고 애지중지하고 있는 것은 아닌지, 그리고 당신이 그 병을 이용하고 있는 것은 아닌지 생각해 보아라. 그 병들을 통하여 당신에게 슬픈 연민을 느끼게 하고 남들의 동정 어린 주의를 끌기 위해 그 병들을 이용하고 있다. 먼저 당신을 돌아보아라. 당신은 당신을 괴롭히는 병들을 끌어안고 아무 짝에도 쓸모없는 자기연민을 한없이 가지고, 남에게 동정을 구걸하기 위하여 그 병들을 애지중지하고 있는 것이 아닌가 하고 자신에게 자문해 보아라.

quotation of precious wisdom

결점을 딛고 앞으로 나아가라

당신이 앞으로 나아가기 위해서는 반성하는 시간을 가져야 한다. 지금이라도 자신의 상황을 너무 비관하였는지 반성하는 기회를 가져야 한다. 당신은 오늘도 자신이 결점이 너무 많다고 좌절하지 않았는가? 그러나 부족함과 결점에서 훌륭한 아이디어가 탄생하듯이 인간적인 부족함이나 결점을 당신이 그것을 어떻게 활용하느냐에 따라 당신을 성공으로 이끄는 요소일 뿐이다. 당신이 아무리 어려운 상황에 있다고 하더라도 비관하지 마라. 어려운 시기를 잘 견디고 극복하면 반드시 좋은 날이 온다.

quotation of precious wisdom

열정으로 열린 열매를 따라

자신이 하고 있는 일에 열의를 다했는지 깊이 생각하는 시간을 가져야 한다. 인간이란 욕구에 의하여 움직인다. 만약 자신의 일에 대하여 열의가 없다면 그 일의 성과는 보나마나 보잘 것 없다. 똑같은 일을 하더라도 열의를 가지고 하는 사람과 그렇지 못한 사람은 결과에 있어서 큰 차이를 보인다. 어떤 일이든 그 일이 비록 귀찮고 이익이 별로 없는 일일지라도 열의를 가지고 일하다 보면 당신에게 행운을 가져다준다.

quotation of precious wisdom

마음의 소리를 듣는 사람이 삶을 열 수 있다

자신의 내면에서 들려오는 소리를 듣는데 귀를 기울여라. 어떤 일을 시작할 때 내면에서 들려오는 소리를 무시하지 마라. 작은 소리일지라도 내면의 소리를 듣기 위하여 노력하라. 결국 이 말은 어떤 행동을 할 때, 자신의 내면에게 질문을 던지라는 말이다. 그런 질문에 대하여 만약 내면이 부정적인 반응을 보내면 그 일에 대하여 주의를 기울여야 한다. 내면의 부정적인 반응이란 바로 주의신호를 보내고 있는 것이다. 그 주의신호에 따라 일을 조심스럽게 진행시켜야 한다. 그러나 반대로 내면에서 편안하고 열의에 찬 신호를 보낸다면 그 일에 대하여 최선을 다하여 힘차게 진행시켜라.

quotation of precious wisdom

오늘이 인생에서 가장 소중한 날이다

과거와 미래가 있지만 그 어느 것보다도 지금 이 순간, 오늘을 사는 법을 배워야 한다. 지금 이 순간이라는 것은 실제로 살며, 실제로 느끼고, 실제로 배우는 유일한 순간이기 때문이다. 누구든지 과거에도 살아왔고 미래에도 살겠지만 결국 지금 이 순간이라는 시간을 통하여 자신의 과거와 미래는 존재한다. 그렇기에 지금 이 순간에서 최선의 자신을 찾아야 한다. 지금, 이 순간에 최선을 다하여 세상에 임하고 있는지 당신 자신에게 자문하는 시간을 가짐으로써 올바르게 '오늘' 을 사는 법을 배워야 한다.

quotation of precious wisdom

명상의 시간을 가져라

삶에 쫓겨 바쁘더라도 명상의 시간을 가져라. 세상사에 어지러운 마음을 가라앉히고, 명상을 통하여 내면의 소리를 듣고, 일을 추진하고, 최선의 자신을 찾고, 최선의 자신을 만들기 위하여 노력하라. 그리고 그런 명상을 통하여 자신을 만나고, 원하는 자신을 만들어 나가라. 자신의 모습을 제대로 보지 못하고, 자신의 내면의 소리에 귀를 기울일 수 없다면, 진정한 자신의 모습을 찾을 수가 없어 결국 자신의 참모습을 만들어 나갈 수 없게 된다. 유쾌한 삶을 살길 원한다면 삶에 쫓겨 바쁘더라도 명상의 시간을 가져야 한다.

quotation of precious wisdom

승리자는 자신과의 싸움에서 이긴 사람이다

어떤 사람이나 대상에 대하여 증오하거나 싸우고 있다면 그것은 바로 당신이 자신과 싸우고 있다는 사실을 인식하라. 당신이 싸운다는 것은 남과 싸우는 것이 아니다. 자신의 갈등, 분노, 증오, 습관 등 자신의 내부의 문제가 밖으로 드러난 것이 싸움인 것이다. 당신이 그 무엇에 저항하거나 싸우는 것은 결국 자신의 상처에 의해서 생긴 방어적인 반응의 하나일 뿐이다. 당신의 어리석은 증오와 싸움을 버려라. 그러면 당신의 나쁜 생활들은 점차적으로 좋게 변할 것이며 병이 들었던 당신의 몸과 정신도 치유된다.

quotation of precious wisdom

자신을 이해하는 사람이 세상을 이해한다

이 세상은 바로 당신의 생각과 행동들이 알게 모르게 반영되고 있다. 사랑이든 증오든 당신이 대하는 타인들은 외부로 반영된 당신 내면의 표현인 것이다. 당신이 세상에서 가장 증오하는 것은 당신 내면에서 가장 부정하고 있는 것들이며, 당신이 세상에서 가장 사랑하는 것은 당신의 내면에서 가장 원하는 것이다. 자신의 삶의 목표는 결국 완전한 자기이해라는 사실을 깨달아라. 당신이 자신에 대하여 자기이해를 이루면 당신이 세상에서 가장 원하는 것이 마음속에 있게 되고, 당신이 세상에서 가장 싫어하는 것은 마음에서 사라지게 된다.

quotation of precious wisdom

진리는 사람마다 다르게 인식될 수 있다

흑과 백의 판단이라는 짐을 당신의 마음에서 떨쳐 버려라. 그러면 이 세상을 살아감에 있어 몸과 마음이 훨씬 더 가벼워진다. 실상 판단이라는 것은 그저 있는 그대로인 상황에 옳다거나 그르다는 딱지를 붙이는 일에 불과하다. 당신의 마음에 따라 세상의 모든 것들이 이해될 수 있고 용서될 수도 있다. 그러나 당신이 어떤 것을 흑과 백으로 판단하려고 한다면 이해의 문을 닫고 사랑하기를 배우는 과정을 막아 버리는 것과 마찬가지이다. 결국 다른 사람을 판단하는 가운데 스스로 포용력이 부족하다는 것만을 드러나게 할 뿐이다.

quotation of precious wisdom

시간은 누구에게도 기다려 주지 않는다

당신의 일을 뒤로 미루지 말라. 시간과 기회는 그 누구도 기다려 주지 않는다. 사람이라면 누구든지 일을 뒤로 미루어 버리고 싶은 욕망이 있다. 특히 당신이 하기 싫은 일이라면 일을 뒤로 미루고 싶은 욕망은 더욱 커진다. 그러나 당신이 일을 뒤로 미루었다고 해서 해결되는 것은 아무것도 없다. 일을 뒤로 미루면 미룰수록 해야 할 일이 점점 더 많아질 뿐이다. 당신의 시간관리의 출발점은 일을 뒤로 미루지 않는 습관에서 출발하여야 한다. 일을 뒤로 미루어버렸다는 것은 시간과 기회를 뒤로 미루었다는 것과 마찬가지의 의미인데 시간과 기회는 그 누구도 기다려 주지 않는다. 일을 미룬다는 것은 당신의 시간과 기회를 버리는 것과 마찬가지인 것이다. 일을 미루지 않고 당신이 바로바로 처리하는 습관을 익힌다면 아마도 당신의 바쁜 생활의 와중에서도 여가의 시간은 당신을 방문할 것이다.

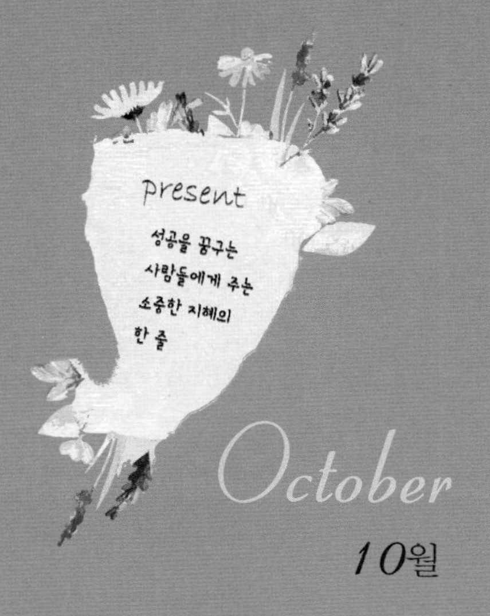
present
성공을 꿈꾸는
사람들에게 주는
소중한 지혜의
한 줄

October

10월

quotation of precious wisdom

맑은 물에서 건강한 고기들이 산다

살아가면서 당신의 몸을 독한 음식으로든 악한 감정으로든 물들이지 마라. 그렇게 하려면 당신이 가지고 있는 독이 되는 음식과 독이 되는 감정을 버려야 한다. 몸은 당신의 생명을 유지시켜주는 것 이상의 역할을 한다. 당신의 몸은 당신을 발전시키는 가장 중요한 동력 중의 하나이다. 그러한 몸이 독한 음식으로 채워지지 않는 것이 중요하며 또한 악한 감정으로 물들어 손상되는 것을 방지하여야 한다. 당신의 몸이 편안한 상태가 된다면 당신의 마음도 자연스럽게 편안한 상태가 된다.

quotation of precious wisdom

반성할 수 있다면 내일 새롭게 출발할 수 있다

오늘, 최선을 다했는지 반성하는 시간을 가져라. 오늘, 당신의 일에 당신이 최선을 다할 때, 발전과 성공은 당신의 것이 된다. 오늘 당신이 자신의 생에 대하여, 자신의 일에 대하여 얼마나 최선을 다했는지 반성하는 기회를 가진다면, 당신이 내일 새롭게 출발할 수 있는 전기를 마련할 수 있다. 당신이 자신의 삶을 사랑하고 자신의 삶에 책임을 지는 사람이라면, 오늘 최선을 다했는지 반성하는 시간을 가져야 한다.

quotation of precious wisdom

자신을 인식하는 데서부터 출발한다

자신이 처한 위치, 상황, 능력을 있는 그대로 인정해야 한다. 과대평가하여 안 되는 일을 가지고 힘들게 애쓰지 말 것이며, 과소평가하여 스스로 절망과 우울에 빠지지 말아야 한다. 그리고 또한 자만심에도 빠지지 말아야 한다. 자신의 있는 그대로를 파악하여 노력과 끈기로 도전하고 배움과 반성을 통해 보다 나은 미래를 만들어야 한다. 당신이 처한 위치, 상황, 능력을 있는 그대로 인정해야 한다.

quotation of precious wisdom

감사할 줄 아는 사람이 행복을 얻을 수 있다

오늘 당신의 주변에 있는 소중한 존재들에게 얼마나 감사하는 마음을 가졌는지 생각하는 시간을 가져야 한다. 당신의 주변에는 당신에게 너무나도 소중한 사람이 많이 있다는 것을 깨달아야 한다. 부모, 아내, 남편, 자녀, 친구 등 너무나 소중한 그들에게 당신은 오늘 얼마만큼의 감사의 마음을 가졌는지 생각하는 시간을 가져야 한다. 그리고 그들을 소중히 여겨라. 당신은 그들이 있음으로써 자신의 존재를 느끼며 이 세상에서 행복을 느낄 수 있다.

quotation of precious wisdom

불평하기 전에 한 번 더 생각하라

오늘 당신이 부정적인 생각에 빠져 있었는지 반성하는 기회를 가져라. 긍정적인 생각을 하는 사람은 어떤 상황에서도 희망의 끈을 놓지 않고 끊임없이 자기 성장을 이루어 간다. 그러나 반대로 부정적인 생각으로 가득한 사람은 조금만 어려운 상황이 나타나도 쉽게 포기하고 절망한다. 오늘 당신이 부정적인 생각 속에서 불평과 불만으로 하루를 보냈는지 반성하는 시간을 가져야 한다. 그런 시간을 가짐으로써 당신이 다시 긍정적인 생각을 할 수 있는 기회를 마련할 수 있다.

quotation of precious wisdom

현재가
가장 소중하다

당신에게 주어진 오늘은 내일로 가기 위하여 반드시 거쳐야 하는 계단이다. 삶을 제대로 살려면 오늘을 뒤돌아보며 반성하는 기회를 가져야 한다. 오늘은 내일로 가기 위한 계단이다. 어떤 내일을 맞느냐는 오늘을 어떻게 보냈는가에 따라 나타난다. 오늘의 끝은 바로 내일이자 오늘이다. 당신이 하루를 뒤돌아보며 반성하는 자세를 통하여 새롭게 오늘을 출발하는 태도를 지녀야 한다. 그런 태도가 건강한 당신을 만들어 간다.

quotation of precious wisdom

어떻게 받아들일 것인가

당신의 삶을 풍부하게 해줄 당신의 주변에 있는 삶의 선물들을 바라보라. 자신이 깨닫지 못해서 그렇지 삶은 온통 축복의 선물로 가득 차 있다. 그러나 대부분의 사람들은 깨닫지 못하고 살아가고 있다. 그래서 자신이 선물을 받았다는 것도 망각한 채 살아가는 사람들이 많다. 자신의 행복은 어떤 선물을 받느냐가 아니라 그 선물을 어떤 태도로 받아들이느냐에 있다. 삶의 행복은 바로 당신한테 달려 있다.

quotation of precious wisdom

남이 일러주기 전에 스스로 깨달아라

먼저 깨달아야 한다. 당신이 가지고 있는 병은 당신 스스로가 창조하고 있다는 것을 깨달아야 한다. 당신의 모습을 돌아보자. 병으로 고통 받고 있다고 하지만 그 병들을 떨쳐버리기 위하여 무슨 일을 했던가? 대부분의 사람들이 고작 병원에 가거나 약을 사먹는 데서 그치고 만다. 그런데 이런 일까지도 게을리 하는 사람들이 많이 있다. 결국 병으로 고통받고 있다고 하지만 그 병을 떨쳐 버리려 하지 않고 있다. 당신이 스스로 병을 만들고, 그 병을 이용하여 남에게 동정을 받으려는 마음으로 지금 당신의 심신을 괴롭히는 병을 떨쳐버리기 위하여 어떤 노력도 하지 않는 당신의 모습을 발견하라. 건강한 당신을 만들기 위해서는 바로 자신의 병을 올바로 보고 그 병을 떨쳐버리려는 마음을 가지는 것이다.

quotation of precious wisdom

절망에 발목 잡히지 말라

건강한 몸을 만들기 위해서는 마음을 다스려야 한다. 건강에 있어 마음의 자세는 중요한 요소이다. 특히 쓸데없는 걱정을 버려야 한다. 걱정은 아주 나쁜 것으로, 당신을 파멸시키는 주요한 요소가 된다. 쓸데없는 걱정은 자신의 정력을 쓸데없이 낭비하게 만들면서 몸에 해를 주는 많은 반응들을 불러온다. 걱정은 자신의 몸에 숨어 있던 온갖 병들을 일으켜 세우는 데 일조를 한다. 스스로 깨달아야 한다. 지금 걱정하고 있는 것들을 마음속에서 조금만 털어 내면 건강은 금방 좋아진다는 사실을 깨달아야 한다. 건강해지려면 당신의 마음속에서 똬리를 틀고 있는 걱정들을 마음에서 털어 버리는 작업을 시작하여야 한다. 자신이 걱정한다고 해서 해결되는 것은 아무것도 없다. 걱정보다는 앞으로 전진하는 자세가 당신의 몸도 마음도 튼튼하게 해 준다.

quotation of precious wisdom

어떤 것을 증오하기 전에 한 번 더 돌아보라

당신이 건강한 몸과 마음을 갖고 싶다면 타인을 향하여 함부로 증오의 감정을 품지 마라. 건강한 몸과 마음을 만들기 위해서는 지금 당신의 마음속에 있는 증오의 감정들을 버려야 한다. 증오는 아주 위험스런 정신 상태다. 증오라는 감정으로 마음을 묶은 채 놓지 않는다면 그것은 틀림없이 당신 몸에 해로운 독을 퍼뜨릴 것이다. 그 독은 당신을 파멸시킬 것이고 그리고 돌이킬 수 없는 무서운 결과를 빚어낼 것이다. 건강을 생각하고 몸을 생각한다면 당신 마음속에서 증오라는 독을 추방하라. 당신이 증오한다고 해서 무엇이 달라지겠는가? 증오의 감정을 버리지 않으면 결국 당신만 해치는 결과를 가져온다.

quotation of precious wisdom

두려움의 증폭주파수를 차단하라

마음속에 숨겨져 있는 두려움을 버려라. 두려움은 두려움을 낳고 그 두려움은 또 새로운 두려움을 낳는 법이다. 마음속에 두려움을 품고 있다면 그 두려움은 곧 공포로 변하여 얼마 지나지 않아 당신을 지배하게 된다. 당신의 마음속에 있는 두려움의 감정들을 버려야 한다. 두려움은 창의적인 사고나 에너지를 잃게 만들고 건강도 잃게 만든다. 그리하여 정신과 육체에 나쁜 결과를 가져온다. 당신이 두려운 마음에 사로잡힌다면 당신은 아무것도 할 수 없게 된다. 당신에게서 두려움의 감정이 지속되고 그리고 지배받게 된다면 결국 본능만이 남아 그저 살아남기 위하여 당신에게 주어진 생生만을 낭비하면서 살게 된다.

quotation of precious wisdom

아무 생각 없이 요구를 들어주지 마라

다른 사람의 하찮은 요구일지라도 자신에게 미칠 영향을 잘 생각한 후에 들어 주어야 한다. 아무 생각 없이 요구들을 들어주었을 때 자칫하면 자신의 모든 것을 뺏길 수도 있다. 다른 사람의 요구가 하찮은 것일수록 더욱 신중하게 생각하고 결정을 내려야 한다. 세상을 살다보면 사람들은 주변으로부터 많은 요구를 받게 된다. 그러나 그런 요구들을 다 수용해서는 자신이 견디지를 못한다. 자신에게 요구되어지는 것들 중에서 그 요구를 수용할 수 있는 것들을 선택해야 한다. 이 와중에 선택은 아주 중요한 의미를 가진다. 어떤 선택 하나로 인하여 삶은 행복과 불행, 성공과 실패 등 많은 길을 열어놓고 있다. 그러기에 선택은 무엇보다도 신중하게 하고 스스로 선택한 후에는 되도록이면 후회하지 말고 삶을 살아 나가야 한다. 당신이 그렇게 하기 위해서는 될 수 있는 한 선택을 신중하게 하여야 한다.

quotation of precious wisdom

협조는 위대한 일을 성취하는 밑거름이다

이 세상을 살아가는 사람들이 자신들에게 서로 부족한 것을 보충하면서 협력한다면 비록 어떤 것이 부족할지라도 좋은 결과를 가져올 수 있다. 서로 이익을 보면서 돕는 것은 자신의 삶을 좀더 나은 방향으로 인도해 주는 것은 물론 사회를 행복하게 만들어주는 역할을 한다. 사람들 중에는 다른 사람들과 전혀 협조를 하지 못하는 사람들이 있다. 그들은 다른 사람에게 자신이 협조하는 것을 그 사람에게 추종하는 것이라고 생각하는 사람들이다. 그래서 그들은 어떤 일이든 협조를 하지 않는다. 그러나 협조와 추종은 커다란 차이가 있다. 추종은 스스로 선택할 수 있는 힘이 완전히 결여되어 있기 때문에 무조건 다른 사람의 의견에 따르는 것을 의미한다. 협조는 혼자의 힘으로 할 때보다 더욱 많은 것을 성취하기 위해 다른 사람과 힘을 합치는 것을 의미한다. 이 세상을 사는 사람과 사람들의 협조는 위대한 일을 성취하는 아주 좋은 밑거름이 된다.

quotation of precious wisdom

가장 효험이 있는 명약은 마음이다

당신이 하고 있는 부정적인 생각들 중에는 외부에서 당신에게 주입된 것들도 있다. 그러나 많은 부분은 스스로가 만들거나 불러일으킨 것들이다. 그리고 나서 그 부정적인 생각들을 몇 시간, 며칠, 몇 주, 몇 달, 심지어는 몇 년이고 그런 생각들을 지닌 채 산다. 그리고는 자신은 왜 병들었는지 대해 의아해한다. 마음속에 있는 불안, 탐욕, 불친절, 비난 등이 당신의 몸을 공격한다는 사실을 인식하여야 한다. 당신이 이런 감정을 가지고 있다면 건강한 몸을 갖기를 바라지 말아야 한다. 그런 부정적인 감정의 소용돌이 속에서 당신은 건강할 수 없다. 또 마음속에 다른 감정인 자만심, 방종, 욕심 같은 것들도 불안, 탐욕, 불친절, 비난 등에 비해 다소 덜하긴 하지만, 그것들도 당신의 신체의 질병이나 불편을 가져온다. 당신의 병은 무엇보다 먼저 당신의 마음에서 창조된다는 사실을 자각하라.

quotation of precious wisdom

사람들의 소망인 행복은 어디에 있는가

사람들마다 행복이 있는 곳에 대해 의견이 분분할 것이다. 그러나 진정한 행복은 바로 자신의 일상에 늘 숨쉬고 있다. 바로 이런 사실을 깨닫는 것이 행복을 자신의 것으로 만드는 가장 중요한 첫걸음이다. 행복, 그것은 바로 자신의 일상에 숨쉬고 있으며, 자신이 발견하여 더욱 풍성하게 만들어 가야 한다.

quotation of precious wisdom

나의 삶은 존재하는 것만으로도 소중하다

자신의 미래의 모습에 대하여 때때로 생각하라. 원하는 미래의 모습을 눈 앞에 그릴 수 있도록 마음속으로 그려보아라. 자신이 이 세상에서 무엇인가를 진정으로 원할 때, 자신의 마음속에 있는 현명함과 지혜로움, 따뜻함과 여유, 그리고 용기로 하여금 원하는 것들을 실현하는 데 필요한 것들을 가르쳐 주고 이끌어 주도록 마음의 힘을 길러라. 눈을 떠라, 자신의 내면의 소리를 들을 수 있도록 귀 기울여라. 그리하여 자신의 판단과 느낌과 생각을 존중하고 자부심을 가질 수 있도록 마음의 눈을 떠라. 눈을 떠라. 긍정적이고 자랑스런 눈으로 현재의 자신을 바라보고 받아들일 수 있도록 눈을 떠라. 그리하여 당신을 있는 그대로 사랑할 수 있는 법을 배워라. 눈을 떠라, 자신의 생각과 판단과 느낌과 감정들을 존중하고 자신을 표현하고 사랑하는 데 눈을 떠라. 그리하여 자신이 그 무엇보다도 고귀하고 소중하다는 것을 깨달아라. 그리하여 자신의 완전함과 강인함과 아름다움과 소중함에 눈을 떠라.

quotation of precious wisdom

인생은 생각하는 대로 된다

자신의 모습은 자신이 생각하는 대로 된다. 사람들의 성질 가운데 중요한 하나는 자신이 그렇게 생각하면 그렇게 결과가 나타나는 성질이다. 즉 자신이 생각하지도 않은 결과가 현실에 나타나는 것은 없다. 의식적이든 잠재의식이든 그것에 대하여 생각하고 갈망하기에 그것에 대한 결과가 나타난다. 생각은 그 생각의 결과를 가져온다. 오늘, 잘될 것이라고 생각하면 내일 잘될 것이고 오늘, 잘못될 것이라 생각하면 내일 잘못되는 것이 마음의 법칙이다. 부정적인 생각을 긍정적으로 바꾸어라. 긍정적인 생각은 긍정적인 결과로 나타나고, 부정적인 생각은 부정적인 결과로 나타난다.

quotation of precious wisdom

자신의 생각은 자신의 힘이다

부정적인 개념을 생각하고, 말하고, 행동할 때에도 내부의 힘을 사용하고 있는 것이다. 부정적인 개념을 계속해서 생각하고, 말하고, 행동한다면 단지 부정적인 개념에 지나지 않던 것들이 현실로 나타나게 된다. 그리고 부정적인 생각을 계속할 때, 나쁜 병에 걸리는 것은 당연한 일인지도 모른다. 만약 생각의 힘을 긍정적인 개념에 많이 투자한다면 그 힘은 계속 증폭되어 긍정적인 일들이 계속해서 벌어질 것이다. 그리고 그 힘은 계속 강해질 것이다. 오늘 부정적인 생각들을 버리고 긍정적인 생각으로 자신의 머리를 채워야 한다. 부정적인 생각들을 긍정적인 생각으로 바꾸려는 노력을 할 수 있을 때, 자신의 삶은 이전과는 틀려지게 된다. 긍정적인 생각들을 점차적으로 머리 속에 가득 채워라. 긍정적인 생각들은 조만간 많은 긍정적인 결과를 가져온다.

quotation of precious wisdom

과정에 충실하고 최선을 다 하라

부정적인 생각들이 부정적인 결과를 가져오기 시작하면 그 결과들을 뒤집기가 어렵다. 그 결과를 뒤집는 것은 예방하는 것의 몇 배의 힘이 들어간다. 부정적인 결과를 수정하는 것이 불가능하지는 않지만 그것은 참으로 어려운 작업이다. 그 결과를 뒤집으려면 수많은 노력과 인내와 강렬한 믿음이라는 행동이 필요하다. 부정적인 결과를 치료하려면 특히 강력한 믿음을 가지고 있어야 한다. 믿음은 아주 강력한 힘을 지닌 생각이다. 부정적인 생각의 결과가 나타나기 전에 예방을 하는 것이 훨씬 더 현명하다. 만약 부정적인 결과들이 나타났을 때에는 예방하는 것보다 몇 배, 몇십 배의 노력을 들여야만 되돌릴 수 있다. 부정적인 결과가 나타나지 않도록 예방하라. 부정적인 결과가 자신에게 나타나지 않도록 평소에 노력하는 것이 늘 건강하고 유쾌하게 사는 삶의 길이다.

quotation of precious wisdom

늦었다고 생각할 때
시작하라!!

시작하라. 자신의 삶을 위하여 지금부터라도 세상에 존재하는 많은 것들에 대해 배우기를 시작하라. 시작하라. 자신의 삶을 위하여 지금부터라도 세상에 존재하는 많은 것들에 대해 느끼기를 시작하라. 시작하라. 자신의 삶을 위하여 지금부터라도 세상에 대해 더 깊이 생각하기를 시작하라. 시작하라. 자신의 삶을 위하여 지금부터라도 당신의 모든 것에 대해 최선을 다하기를 시작하라. 자신의 삶을 위하여 시작하라. 지금부터라도 이런 모든 것들을 토대로 생각하고 행동하라. 그리고 진지한 삶, 활발하게 살아 숨쉬는 신념에 찬 삶에 대한 꿈꾸기를 시작하라.

quotation of precious wisdom

진정한 지성인은 실천하는 사람이다

뜻을 세우고 실천하라. 어떤 일을 함에 있어서 먼저 뜻을 세워라. 그리고 그 뜻을 이루기 위해 실천하라. 그리고 뜻을 세우는 데 있어서는 되도록 크게 높게 하라. 뜻을 세우고 실천하라. 큰 뜻을 세우고 실천 가능한 것들부터 실천해 나간다면 그 뜻은 결국 이루어진다. 오늘, 뜻을 세우고 실천할 수 있는 작은 것부터 일을 시작하라. 뜻을 세우고 실천하라. 뜻을 세우고 실천해 나아가는 데 있어 그 단계마다 원래의 뜻을 확인하는 것을 잊지 말라. 원래의 뜻이 어느 순간 변질되어 원하던 목표는 상실하고 목표를 이루기 위한 수단이 목표가 되어 당신의 삶을 망치고 있는 것이 아닌지 확인하라. 스스로 자신의 내면에게 자문하는 습관을 가져라. '지금 나는 원래의 목적을 상실한 채 세상의 시류時流에 영합하여 적당히 살아가는 것은 아닌가?'

quotation of precious wisdom

실패는 정신적 자산이다

실패했다고 절망하지 말라. 실패도 값진 경험이다. 세상의 일이란 실패의 크기의 따라 성공의 크기도 달라지는 것이다. 성공은 물론 실패도 당신의 귀중한 재산이다. 성공의 열쇠는 실패에 있기 마련이다. 실패했다고 절망하지 말라. 실패를 중요하게 생각하는 것은 물론 하나의 자산으로서 당신의 실패사례를 분석하고 관리하라. 실패를 분석하고 관리하면 그 안에서 성공과 발전의 실마리를 찾을 수 있고 같은 실패를 반복하지 않을 수 있다. 이제는 실패했던 사례들도 자신의 큰 자산이라는 개념을 가지고 그 사례들을 활용하라.

quotation of precious wisdom

포기하지 마라

많은 사람들이 기적이 막 일어나려는 참에 조금을 더 못 기다리고 포기해 버린다. 그런 사람들 때문에 세상에 실패로 돌아간 계획이나 사업이나 아이디어가 얼마나 많겠는가? 그러나 그것이 성공할 것이냐, 실패할 것이냐. 가치가 있느냐 없느냐는 당사자가 잘 알 수 없는 일이다. 만약에 크로닌이 그 소설을 포기했다면 세상의 수많은 의사들처럼 이름 한 줄 남기지 못하고 그는 평범한 의사로 전 생애를 살다가 죽었을 것이다. 평범하게 사는 것이 의미가 없다는 말은 아니다. 그러나 이왕 시작한 일에 대해서는 끝까지 최선을 다하면 어떤 일이든 성공할 수 있다.

quotation of precious wisdom

부정적인 생각으로 삶을 도배하지 마라

오늘의 부정적인 생각들은 내일 너의 삶을 망친다. 자기 자신의 잠재력을 깨닫지 못하고 어렵게만 생각하고 부정적으로 생각한다면 어떤 발전을 이룰 수가 있겠는가? 자신이 자신을 인정하지 못하는데 다른 타인이 당신을 인정할 수 있겠는가? 많은 사람들이 자신에게 장점이 있음에도 불구하고 자기 자신에 대해서 부정적인 태도를 갖고 있는 것은 무엇 때문인가? 성공에 이르는 지점까지 시도를 하다가 멈추고 마는 것은 무엇 때문인가? 성취에 이르는 모험을 하지 않고 새 도전으로 인하여 다가오는 기회를 피해 버리면서 자신을 헐값에 파는 것은 무엇 때문인가? 바로 그것은 긍정의 마음이 부족했기 때문이다. 부정의 힘이 자신을 누르고 있는데 어떻게 성공하겠는가?

quotation of precious wisdom

지금부터라도 당신이 하고 싶은 일을 하라

당신의 일을 남에게 의뢰하지 말고 당신의 마음에 의뢰하라. 당신의 내면에서 열의에 찬 신호를 보내면 그 일에 최선을 다하라. 또한 좋아하는 일을 찾기 위해 당신의 일을 바꾸는 것을 두려워하지 마라. 두려움에 사로잡혀 새로운 일에 도전을 할 수 없다면 당신이 지금 하고 있는 일에서 벗어날 수가 없다. 오늘 밖으로 나가라. 나가서 기회를 잡아라. 집안에 처박혀서 아무런 일도 하지 않는다면 아무런 기회는 오지 않는다. 지금 밖으로 나가서 공중에 떠다니고 있는 기회를 당신의 기회로 만들어라. 또한 당신에게 닥친 위기를 회피하지 마라. 기회란 위기와 같이 오는 법, 만약 위기가 당신에게 닥쳤다 해도 그 위기를 정면으로 받아들여라. 당신은 위기를 회피하지 않는다. 평소에 위기에 대비하고 그 위기를 기회로 만들 수 있는 힘을 당신 스스로가 비축하라.

quotation of precious wisdom

자신을 믿는 것이 무엇보다도 중요하다

자신이 자신을 믿지 못하면 자신이 가진 능력도 제대로 발휘할 수가 없다. 만약 당신이 자신을 능력 있는 사람으로 믿으면 당신은 정말로 능력 있는 사람이 될 수 있으며, 만약 당신이 자신을 무능한 사람으로 믿으면 당신은 정말로 무능한 사람이 되어버린다. 이렇듯 자신감을 갖는 것은 참으로 중요하다.

quotation of precious wisdom

결단 앞에서 주저하지 마라

오늘 망설인다면 내일도 망설이고만 있을 뿐이다. 결단을 내려야 할 때 결단을 내릴 수 있는 사람이 되어야 한다. 결단이란 신념이 바탕이 되는 것이다. 어떤 일을 함에 있어서 이것도 아니고 저것도 아닌 어영부영한 상태로 결단을 내리기를 미룬다면 결국 시간만 낭비하고 말 것이다. 자신이 빠르고 정확한 결단을 내릴 수 있도록 자신을 훈련하라. 오늘 자신이 하고 싶은 일에 대하여 결단을 내리고 그것을 행동으로 실천하라. 미국의 콜로라도 주 스프링스 근처에 있는 아주 좁고 험악한 산길은 도저히 자동차가 지나갈 수 없는 것처럼 보인다. 이 산길에 들어서면 아래와 같이 쓰인 푯말이 있다. "넘어갈 수 있다." 이 푯말을 본 운전사들은 어떻게 넘어갈 것인가에 대하여 궁리를 하다가 운전사들이 갈 수 있다는 신념으로 노력을 하다보면 결국은 그 험악한 산길을 넘을 수 있을 뿐만 아니라 목적지까지 갈 수 있다.

quotation of precious wisdom

부정적인 성격의 늪에 빠지지 마라

오늘 긍정은 더욱 더하고 부정은 약간 덜 수 있다면 내일의 삶은 원하는 대로 변한다. 성격의 긍정적인 면은 더욱 발달시켜라. 그리고 부정적인 면은 조금 덜어라. 당신이 그렇게 할 수 있다면 인생은 한층 풍요로워지고 결국 목적하는 바를 이룰 수 있다. 당신은 당신이 마음속에서 생각하는 대로 당신의 모습을 만들어 나갈 수 있다. 마음에 있는 생각들을 당신이 실천함으로써 당신은 당신이 원하는 모습으로 만들어진다. 인간은 자기가 마음속에서 생각하는 대로 자기의 모습을 만든다. 그리고 마음속에 서 있는 생각들을 행동함으로써 자신의 성격도 만들어진다. 많은 사람들이 자기의 잘못된 것을 세상의 탓으로 돌리고 있다. 하지만 그것은 세상의 탓만은 아니다. 바로 자신이 어떻게 생각하고 있는가와 그 생각을 실천하는 데서 자신의 모습이 만들어진다.

quotation of precious wisdom

신념을 가져라

사람들은 신념과 더불어 젊어지고 두려움과 더불어 늙어 간다. 신념은 사람을 강하게 만든다. 그러나 반대로 두려움이나 의심은 사람의 활력을 마비시키고 사람을 늙게 만든다. 당신이 자신의 신념을 굳게 믿는다면 당신은 틀림없이 성공하게 될 것이다. 그러나 신념이 없는 사람은 항로 없는 배처럼 암초를 만나면 삶의 바다에서 난파당하고 만다. 신념이 없는 인간은 마치 항로 없는 배처럼 어떤 어려운 일이 생기면 난파당하게 될 것이다. 자신이 어떤 일을 해 나가야 하겠다는 신념은 우리 삶에 꼭 필요한 존재인 것이다. 그런 신념이 바로 이 세상을 사는 자신의 진정한 의미가 될 수 있다.

quotation of precious wisdom

마음을 갈고 닦는 것은 미래의 창窓이다

시기와 질투는 사람의 이성을 마비시키고 마음을 악으로 가득 차게 하여 자기의 감정을 다스리지 못하고 종국에는 자기 마음속에 사는 악에게 지배를 당하게 된다. 자신의 마음을 수련하고 정화하는 데 계속해서 노력을 기울여야 한다. 사람들의 성질 가운데는 자신이 그렇게 되고 싶다고 습관적으로 생각하면 자신이 생각하는 대로 이루어지는 경향이 있다. 그렇기에 당신이 살아가면서 늘 자기의 마음을 수련한다면 당신은 악의 유혹으로부터 벗어날 수 있다. 그리고 시기와 질투심으로부터 벗어나 마음이 한결 가벼워질 것이고 행복감을 느끼게 될 것이다. 당신의 삶은 그로 인하여 늘 풍요로울 것이다. 오늘 자신의 마음을 갈고 닦는 것은 미래의 창窓이다. 오늘 올바르게 살려고 수련하는 것을 노력하지 않는 자는 내일이 된다 해도 발전이 없다. 결국 그대로 정체되어서 인생이라는 바다에서 표류하게 된다.

quotation of precious wisdom

성공은 일의 부산물일 뿐이다

당신이 건강한 자신을 만들고, 성공하는 자신을 만드는 방법은 당신이 최선을 다하여 일을 하는 것이다. 당신이 어떤 일이건 최선을 다하여 그 일을 하는 것이 당신이 성공으로 가는 길이다. 성공은 그냥 당신에게 찾아오지 않는다. 일의 부산물이 바로 성공인 것이다. 일을 하지 않는 사람이 성공을 바라서는 안 된다. 어떤 일이건 당신이 열심히 하다 보면 성공은 찾아온다. 성공을 바라면서도 어떤 일도 하지 않는 사람은 참으로 어리석은 바보 같은 사람이다. 마치 감나무 밑에서 감이 떨어지기를 기다리는 사람처럼. 당신이 진정으로 성공을 바란다면 지금이라도 늦지 않았다. 어떤 일에 대하여 열정을 가지고 지금 일을 시작하라. 그러다 보면 성공은 당신을 찾아올 것이다.

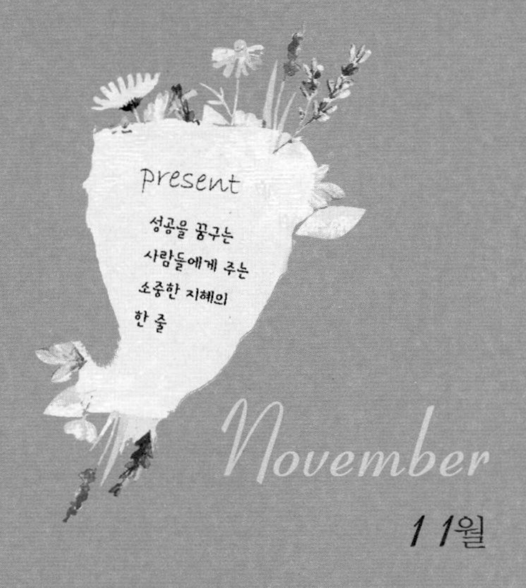
present
성공을 꿈꾸는
사람들에게 주는
소중한 지혜의
한 줄

November

11월

quotation of precious wisdom

삶의 주인공은 당신일 수밖에 없다

이 세상에서 그 누구도 당신의 생을 대신 살아 주지는 않는다. 당신 삶의 주인공은 그 누가 뭐라고 해도 당신일 수밖에 없다. 당신이 남들과 비교하여 부족하고 뒤처져 있다 해도 당신 삶의 주인공은 부족하고 뒤처져 있는 당신이다. 이 세상에서 비록 자신이 엑스트라일지라도 자기 삶의 주인공은 자기 자신이다. 그렇기에 자기에게 주어진 생은 자기 맘대로, 자기 뜻대로 살아야 한다. 자기가 뭐를 하든 자기중심적으로 세상을 바라다보아야하고 자기 중심적으로 일을 하여야 한다. 그런 다음에 타인을 보는 것이다. 세상을 살다 보면 당신에게 많은 요구와 책임 그리고 세상의 조건들이 다가온다. 그러나 이를 다 수용해서는 자신이 견디지를 못한다. 자신에게 주어진 것들 중에서 자신이 뜻하는 것을 취사선택해야 한다. 그 와중에 선택은 아주 중요한 의미를 가진다. 어떤 선택 하나로 인하여 인생은 많은 길을 열어놓고 있다. 그러기에 선택은 신중하게 하고 선택한 후에는 후회하지 말고 자기의 뜻대로 생을 살아 나가야 한다.

quotation of precious wisdom

당당하게 꾸준하게 세상을 향하여 나아가라

세상의 진흙탕에서 지금 뒹굴고 있을지라도 미래를 꿈꾸면서 걸어 나와라. 당장 힘이 부친다면 기어서라도 나와라. 그래도 힘들면 잠시 쉬었다가 다시 시도하라. 꾸준하게 그리고 당당하게 이 세상과 맞서다 보면 당신은 어느새 세상의 중심에 있게 되리라. 당당하게 세상을 향해 나아가라.

quotation of precious wisdom

삶의 무게는 누구도 회피할 수 없다

삶에서 각자가 짊어지고 가야 하는 삶의 무게는 누구도 회피할 수 없다. 자기가 생각하기에 불공평하다고 생각을 할 때도 있다. 그래도 그 삶의 무게는 자기에게 주어진 것이기에 짊어지고 가야 한다. 사람들은 간혹 자기에게 닥친 인생의 무게가 다른 사람에 비해 너무 불공평하다고 불평하면서 회피해 버릴 때도 있다. 그러나 이런 자세로 인생을 살게 되면 그 사람은 절망의 깊은 수렁에서 벗어날 수가 없다. 자기에게 주어진 상황을 적극적으로 개척해 나가려고 할 때 인생의 무게를 극복할 수 있고 또 그로 인하여 성공적인 삶을 살 수도 있는 것이다. 오늘 당신에게 주어진 인생의 무게를 되돌아보라. 그리고 그 삶의 무게를 짊어지고 갈 마음의 자세를 가다듬어라. 그 어떤 삶의 무거운 짐이라도 기꺼이 받아들이면서 이 세상을 살아가라. 그 짐은 당신에게 주어진 당신의 운명이며 회피할 수 없는 당신의 운명이다.

quotation of precious wisdom

백 번의 말보다 한 번의 올바른 실천이 더 낫다

사람들은 종종 자신이 하지도 못하면서 또는 자신이 그르게 하면서도 남에게는 실행하기를 원하고 똑바로 하기를 원한다. 그러나 좋은 본보기를 보이면서 훈계와 설교를 했을 때 먹혀 들어가는 것이지 자신이 그렇게 하지도 못하면서 남에게만 그렇게 요구하는 것은 안하는 것보다 못하다. 세상을 사는 데 필요한 지침서나 격언들은 헤아릴 수 없을 만큼 많다. 세상의 모든 지혜를 통틀어 하나로 말할 수 있다면, 그것은 '실천하라' 이다. 사람들은 누구나 지식은 쌓을 수 있지만, 실천이라는 지성의 행위가 뒷받침되지 않으면 그 지식은 껍데기나 다름없다. 실천이라는 지성이 없는 지식은 때로는 기회주의적인 사람을 만들기도 한다. 실천이 없는 삶은 가짜 인생일 수밖에 없다. 실천하는 사람, 그 모습처럼 아름다운 것은 없다.

quotation of precious wisdom

애매한 태도를 취하는 사람들을 경계하라

사람들은 이것도 아니고 저것도 아닌 자들을 믿지 못한다. 살아가면서 태도를 분명하게 하라. 적도 아니고 동지도 아니고 애매한 태도를 취했을 때는 결국 그 사람을 어느 누구도 믿지 않고 불신하게 된다. 살아가면서 이것이든 저것이든 어느 한쪽으로 명확하게 해야 한다. 그렇게 하면 사람들은 그 사람에게 어떻게 대처할 것인가를 알게 되는 것이다. 그러나 사람들 중에서는 같은 무리에 있으면서도 태도를 불분명하게 하여 의심을 사는 사람들이 있다. 그런 사람들은 어떤 면에서는 적보다 더 해로운 사람들이다. 의심스러운 자기편은, 명백한 적보다도 도리어 나쁜 것이다. 애매한 태도를 취하는 사람들을 경계하라. 당신을 노리는 손길은 항상 은밀하게 움직인다. 당신에게 흉계를 품고 접근하는 적에게 빈틈을 보여주면 안 된다. 확실하지 않은 태도로 일하는 사람을 대할 때에는 항상 주의하라. 당신이 방심한 틈을 타서 심장을 노리려고 하는 사람의 태도는 항상 애매한 법이다. 그런 사람은 진심을 숨김으로써 목적을 이루려 한다.

quotation of precious wisdom

심술을 부린다면 조롱거리가 되고 만다

심술을 부리지 말자. 자신에게 아무 이익도 손해도 없는데 다른 사람들의 필요에 의해 자신의 심술로 방해를 하지 마라. 그런 심술을 부렸을 때는 다른 사람들의 비난은 물론 조롱거리가 된다. 못 먹는 밥 재나 뿌린다는 마음을 가져 심술을 부리듯이 세상을 살지는 말자. 사람의 도리란 세상을 살아가면서 상대편의 입장을 이해하기 위하여 노력하여야 한다. 이런 노력을 하지 않고 자신의 입장만을 내세우고 남을 이해하려고 하지 않는다면 다른 사람도 당신의 입장을 이해해 주지 않는다. 당신이 남의 입장을 배려해 줄 때 당신도 배려받을 수 있다. 남을 배려해주지 못하는 나쁜 마음을 버려라. 남을 배려하는 작은 마음을 자신의 마음에 품자. 남을 배려할 수 있는 습관을 자신의 습관으로 만들자. 습관이란 지금 나를 지배하는 사상이다. 사람들은 타인의 습관을 보고 타인을 평가한다. 자신에게 어떤 습관이 있는지 곰곰이 생각해 보자. 그리고 부정적인 습관은 버리도록 하자.

quotation of precious wisdom

당신이 고난에 빠졌을 때도

어려운 상황이나 힘든 적을 만났을 때도 자신이 노력한다면 충분히 벗어날 수 있다. 당신이 고난에 빠졌을 때 좌절하거나 포기하지 말고 그 고난을 최대의 스승으로 하여 위기를 타개하라. 당신이 고난에 처했을 때 그 고난을 올바로 파악하면 그 고난의 반은 이미 해결된 것이나 마찬가지다. 어떤 문제가 닥쳤을 때 문제를 올바르게 파악한다면 그 문제의 해결책도 생각해 낼 수 있다. 당신에게 어떤 문제가 생겨 괴로울 때는 앞을 향하여 전진하라. 그 문제에 파묻혀 걱정하고 절망한다고 해서 문제가 해결되는 것은 아니다. 문제를 해결하기 위해서 앞으로 전진하다 보면 당신에게 닥친 문제들은 스스로 해결된다. 당신이 시련에 처했을 때는 인내심을 가져라. 인내란 바로 희망을 갖는 기술이다. 이 세상을 살면서 아무리 힘든 일이 닥쳤어도 인내하다 보면 그 시련을 해결할 희망을 가질 수 있게 된다. 인내는 모든 닫힌 성공의 문들을 열게 하는 힘을 가지고 있다.

quotation of precious wisdom

사랑의 힘과 우정의 힘을 자각하라

당신에게 있어 사랑이나 우정은 바로 당신을 만드는 발전의 원동력이고 당신을 당신답게 만드는 가장 인간적인 힘이라는 것을 자각하라. 오늘 당신의 연인에게, 친구에게, 가족에게 당신의 마음을 담은 글을 보내거나 작은 정성의 선물이라도 보내라. 사람들은 생을 살면서 정말 많은 시간들을 허비하고 있다. 바쁘게 살아도 부족한 삶을 서로 다투면서 허비할 때가 많다. 친구 관계도 마찬가지이다. 인생을 살아가는 데 있어 진정한 친구는 참으로 소중하고 중요한 존재다. 그러나 무관심과 이기심 때문에 진정한 친구를 저버릴 때가 많다. 주위의 친구들을 둘러보라. 그러면 지난 세월로부터 날마다 놓쳐버린 수많은 웃음들을 생각할 수 있을 것이다. 당신의 이기심 때문에 인생의 항로를 비틀거리며 지내 왔고, 당신이 얼마나 상냥한 말들을 잊어 버렸고 당신의 무관심이 얼마나 많은 기쁨들을 희생시켰는지 알게 되리라. 만일 당신이 친구들에게 그 당시에 더 절친하게 대했더라면 얼마나 많은 훌륭한 친구들이 오래 전에 당신의 벗이 되었을까를 생각할 수 있을 것이다.

quotation of precious wisdom

너는
무한한 가능성이다

사람들의 신체를 구성하고 있는 물질의 가치로만 봤을 때 사람이라는 존재는 참으로 가치가 없다. 그러나 사람의 가치를 신체의 가격으로만 산정할 수 없다. 구성되어 있는 물질의 가치로만 사람을 환산했을 때 사람은 한낱 동물과 다름이 없고 또한 사람이 본능적으로만 행동한다면 그것도 동물과 다름 없다. 그러나 사람은 무한한 가능성을 가지고 있고 또한 노력을 통하여 새로운 세계를 개척할 수 있는 힘을 가지고 있다. 결국 사람의 가치란 그 사람의 가능성을 평가하는 것이다. 사람은 가능성을 가지고 있기에 자신이 어떻게 마음먹고 어떻게 노력하느냐에 따라 가치는 달라진다. 만약 자신의 가능성을 인정하지 않고 또한 노력도 하지 않는다면 사람은 동물 이상의 가치는 없다. 자신의 무한한 가능성을 인식하면서 그 가능성을 이룩하려고 노력하는 데에 사람의 가치가 있다. 자신의 가능성을 인식하지 못하고 본능에만 따라 행동한다면 결국 자신을 실패자로 만들고 만다.

quotation of precious wisdom

운명의 여신은 용감한 자에게 손짓한다

지나친 걱정은 더욱 상황을 악화시킬 수 있다. 생기지도 않은 미래의 실패를 걱정하여 아무런 일도 하지 못하게 되면 그것은 정말로 삶의 큰 실패를 당신에게 안겨주게 된다. 삶을 살아가는 데 있어 미리 실패를 걱정하지 않고 늘 새로운 것에 도전하는 것이 중요하다. 많은 사람들이 실패를 두려워하여 새로운 것을 시도하지 못하지만 정작 실패를 미리 두려워할 필요는 없다. 실패라는 것은 무엇인가를 시도하다가 생기는 것이기에 실패는 새로운 것을 시도한 사람에게 주어지는 또 다른 기회인 것이다. 실패를 두려워해서는 안 된다. 처음 겪는 일일지라도, 그리고 전에 실패를 맛보았던 일일지라도 미리 실패를 걱정하는 것은 어리석은 일이다. 어떤 일을 시작하기 전에 신중하게 생각하고 판단을 내려야 하지만 미리 걱정하여 일어나지도 않은 일을 지나치게 대비한다면 상황을 더욱 악화시키고 만다. 삶의 올바른 태도는 앞으로 올지도 모를 고난을 피하려 하기보다는 자신이 그 운명에 용감하게 행동하는 게 자신의 삶을 위해서 훨씬 유익한 길이다.

quotation of precious wisdom

전문가의 손을 빌려 전문가가 된다

전문가를 필요로 할 때 전문가의 손을 빌려라. 자신이 잘하지 못하는 일에 있어서 당장에 비용을 줄이고 자신이 직접 하는 것이 이익인 것 같지만 그리고 당장에 어떤 이득을 볼 것 같지만 그리 오래되지 않아 결국 자신에게 손해로 다가온다. 당장에는 소소한 이익을 볼지 모르지만 길게 보면 이런 삶의 태도는 자신을 실패하게 만든다. 세상을 살아가면서 꼭 알아두어야 할 교훈 중의 하나는 최소의 경비가 항상 최대의 이윤을 남기는 것은 아니라는 점이다. 그 일에 따르는 적당한 비용을 지불하고 일을 제대로 하는 사람에게 맡기는 것이 결국 이익으로 환원된다. 다른 사람이 더 잘할 수 있는 일들은 다른 사람에게 맡기는 것이 유익하다. 어떤 일이건 그 일의 좋은 결과는 혼자만의 노력에 있는 것이 아니다. 사회가 복잡해지고 다양해진 지금 혼자서 모든 일을 할 수는 없다. 적당하게 일을 배분하고 각자의 능력을 최대로 끌어올릴 때 좋은 결과와 이익을 가져온다.

quotation of precious wisdom

어리석은 배움은 삶에 있어 독이 된다

자신이 날고 싶다고 해서 자신의 능력조차도 착각하고 있다면 그것으로 인하여 큰 손해를 볼 수 있다. 어떤 상황에 있든지 자신의 존재에 대하여 정확하게 바라볼 수 있어야 한다. 우리가 살고 있는 이 시대는 취업대란의 시대이다. 그리고 직장을 잡은 사람들도 그 자리가 불안하여 자격증을 따거나 공부에 매달리는 사람들이 많다. 그러나 그 속내를 들여다보면 창의적인 생각으로 미래를 준비하는 사람보다도 남이 하니까 불안감에 남을 따라서 자격증을 따거나 공부를 하는 사람들이 많다. 단지 불안감에 남을 따라 자격증을 따는 것은, 공부를 하는 것은 자신에게 큰 손해가 될 수도 있다. 그런 행위는 능률이 오르지도 않고 그저 자기 위안을 삼는 경우에 그치는 경우가 많기에 거북이가 하늘을 나는 법을 배우는 것처럼 도리어 자신에게 치명적인 독이 될 수 있다. 자신의 참다운 미래를 준비하려면 남들이 하니까 쫓아하는 것이 아니라 자신의 성격, 상황, 능력 등을 고려해서 계획을 세워야 한다.

quotation of precious wisdom

자신의 미래를 개척하는 사람은 자신이다

자신의 미래를 생각하라. 그리고 자신의 미래를 위해 당당하게 이 세상과 부딪치면서 미래를 준비하라. 불시에 자신에게 닥칠 위기에 대하여 생각하지도 않고 어떤 준비도 하지 않는다면 그 위기가 닥쳤을 때, 결국 그 위기를 극복하지 못하고 자신의 삶을 망치고 만다. 위기를 두려워하여 회피해서는 위기가 사라지지 않는다. 자신이 위기를 극복하기 위한 용기와 지혜, 그리고 올바른 습관을 준비할 때 후에 위기가 자신에게 닥치더라도 그 위기를 극복할 수 있다. 자신의 삶의 주인은 자기 자신이다. 이 세상에서 그 누구도 자신의 삶을 대신 해서 살아주지 않는다. 삶의 주인공은 그 누가 뭐라고 해도 자신일 수밖에 없다. 그렇기에 미래의 위기에 대하여 자신이 미리 생각을 하고 그 위기를 극복할 수 있는 준비를 하여야 한다. 비록 지금은 자신이 남들과 비교하여 부족하고 뒤처져 있다 해도, 삶의 주인공은 부족하고 뒤처져 있는 자신이다. 이 세상에서 자신이 조역 같은 존재일지라도 자신의 삶에 있어서는 그 조역 같은 자신의 존재가 주인공이다.

quotation of precious wisdom

위기는 자신을 변화시키는 계기

삶을 살아가면서 어떠한 어려운 상황에 처하더라도 자신이 포기하지 않고 최선을 다하고 상황에 맞는 기지를 발휘한다면 당나귀가 늑대의 위기로부터 벗어난 것처럼 위기를 벗어날 수 있다. 위기 상황에서도 집중력을 발휘하고 현명하게 처신한다면 그 위기를 충분히 극복할 수 있다. 그러나 대부분의 사람들은 조금만 어려운 상황에 처하게 되면 지레 짐작으로 어떤 시도도 해보지 않은 채 포기를 한다. 또한 그 위기상황으로 인하여 괴로워하거나 자학을 하여 자신에게 상처를 입히거나 자신의 신세를 망치게 하는 경우를 종종 본다. 당신이 살아가면서 어떤 어려운 상황이 찾아온다면 그것을 회피하려 하거나 자신을 방치하지 말고 자신을 변화시키는 계기로 활용한다는 생각을 가지는 것이 바람직하다. 많은 위대하고 성공한 사람들은 위기적인 상황에서 그 상황을 자신에게 유리하게 활용하여 위기를 기회로 활용했던 사람들이다. 어려운 상황에 처했다고 실망할 필요는 없다. 실망보다는 그것을 어떻게 타개해 나가고 어떻게 활용할 것인가를 생각하여야 한다.

quotation of precious wisdom

과도한 욕심은 자신의 삶을 망치고 만다

사자가 깊은 잠에 빠져 있는 토끼를 만났다. 사자가 토끼를 막 잡으려고 했을 때, 잘 생긴 젊은 사슴이 지나가는 것을 보고는 토끼를 놔두고 사슴을 따라갔다. 토끼는 시끄러운 소리에 겁을 먹고 깨어나 달아났다. 사자는 오래 쫓았으나 사슴을 잡을 수 없었고, 토끼를 잡아먹으러 왔으나 토끼 역시 도망간 것을 보고 말했다. "꼴좋게 됐지. 더 큰 걸 얻으려고 내 손에 있는 먹이를 가버리게 했으니." 이런 우화의 교훈처럼 자신이 너무 욕심을 부리다 보면 자신이 다 잡은 고기를 잃을 수 있다. 사람들의 삶도 마찬가지이다. 너무 지나친 욕심을 부리다 보면 자신의 손에 있던 이익조차도 잃어버릴 수 있다. 당신이 그림자를 잡으려고 하면 할수록 자신이 가진 실체를 잃어버릴 수 있다. 지금 자신이 가진 것을 소화하지도 못한 채 더 큰 것만을 바라보면서 그것을 얻으려고 가지고 있는 것들을 지금 잃어버리고 있는 것이 아닌가에 대하여 자신이 진지하게 생각해 보아야 한다.

quotation of precious wisdom

땀 흘리고 있는 곳에 보물은 숨겨져 있다

보물은 당신의 땀 속에 숨겨져 있다. 당신이 땀 흘리고 최선을 다해 노력을 할 때 진정한 가치를 지니는 보물을 발견할 수 있다. 자신이 노력해서 얻은 열매가 사람들에게 있어 가장 좋은 보물인 것이다. 적과 흑을 쓴 이탈리아의 대문호 스탕달은 이런 말을 하였다. "산 속에서 보물을 찾기 전에 먼저 자기 두 팔 안에 있는 보물을 충분히 이용하도록 하자. 자기 두 손이 부지런하다면 그 속에서 많은 것이 샘솟듯 솟아나올 것이다. 인간은 누구나 자기 두 손에 비상한 능력을 보유하고 있다. 자기의 능력을 제 때 발굴하여 나름대로 유용하게 이용하는 사람이 되자." 스탕달의 말처럼 보물은 어디 먼 데 있는 것이 아니다. 자신이 땀을 흘리는 그 곳에 보물이 숨겨져 있다. 그러나 이런 사실을 깨닫지 못하고 어디 먼 데서 헛된 보물만 찾아 삶을 낭비하는 사람은 결국 자신의 삶을 망치게 된다. 자신의 참된 보물을 찾고 싶거든 손수 땀을 흘려라, 자신의 땀 속에는 삶의 빛나는 보물이 숨겨져 있다.

quotation of precious wisdom

신념을 가져야 흔들리지 않는 삶을 산다

자신의 동료를 함부로 의심하지 마라. 그리고 남의 교활한 말에 넘어가 자신의 삶을 망치지 마라. 세상을 살아가면서 당신의 경쟁자는 당신의 세력이 강력하다면 강력한 세력을 분열시키려고 시도할 것이다. 당신이 그것에 넘어갔을 때는 결국 자신의 삶을 망치고 만다. 남이 하는 교활한 말에 넘어가지 않으려면 자신을 믿고 자신의 신념을 가져야 한다. 그러나 자신을 믿지 못하고 자신의 신념이 없는 사람은 남의 교활한 말이나 간사한 계략에 휘말려서 결국 삶의 바다에서 이리저리 방황하다가 난파당하고 만다. 스스로 자신이 옳다고 믿는 사람은 그 어떤 사람보다 강해지고 스스로 자신을 의심하는 사람은 이 세상에서 털끝만한 힘도 갖지 못하게 된다. 신념이 있는 사람들은 그 어떤 물리력보다 더 강한 힘을 발휘하게 되고 신념이 없는 사람들은 세상의 그 어떤 미미한 존재보다도 힘을 가지지 못하게 된다. 이 세상을 사는 사람들은 신념과 더불어 젊어지고 두려움과 의심으로 인하여 늙어간다. 신념은 사람을 강하게 만든다.

quotation of precious wisdom

일을 즐기면서 하겠다는 마음 자세를 가져라

일을 즐길 줄 아는 사람이야말로 진정으로 삶의 의미를 알 수 있다. 오늘 잠시라도 땀 흘리며 노동하는 것을 진정 기쁘게 여길 수 있는 마음을 가져라. 그러면 어려운 일을 하고 있어도 행복한 마음을 가질 수 있으리라. 오늘 잠시라도 땀을 흘려라. 온 몸에 땀을 흘리고 일을 할 때, 건강을 되찾고 일하는 기쁨과 보람도 느낄 수 있으리라.

quotation of precious wisdom

오늘 잠시라도 일에 몰두하라

삶의 의미가 희미해져 느껴지지 않을 때는 땀이 흐르도록 일을 하라. 삶의 의미를 발견하고 삶의 가치를 인식하게 되리라. 오늘 잠시라도 온 몸에 땀이 나도록 일을 하라. 땀을 흘리지 않는 데서 몸의 병도 생기고 마음의 병도 생기는 것이다. 땀 흘려서 일 하는 것, 그것이 인생에 행복과 건강을 약속한다.

quotation of precious wisdom

자연에 대해 감사하는 마음을 가져라

오늘 잠시라도 새벽에 일어나 하늘을 쳐다보면서 자연에 대해 감사하는 마음을 가져라. 사람들에게 모든 것을 주는 자연의 경이로움에 마음은 순수하게 정화되리라. 오늘 잠시라도 대지를 풍요롭게 해주는 태양에게 감사하는 마음을 가져라. 대지의 풍요로움과 사람들에게 은혜로운 선물을 주는 자연에게 마음을 열게 되리라. 오늘 잠시라도 흙을 밟아 보면서 대지에게 감사하는 마음을 가져라. 이기적인 문명화와 현대적인 기계화로 인하여 병들고 메말라진 마음에 자연의 소중함을 깨닫게 하고 마음의 건강을 되찾아 주리라. 오늘 잠시라도 밤하늘을 보면서 감사하는 마음을 가져라. 오늘도 하루종일 쉼 없이 사람들에게 무한한 은혜로움을 베푼 자연에 대하여 감사하는 마음을 가져라. 이런 경건한 마음은 당신에게 건강을 다시 회복할 수 있게 하리라.

quotation of precious wisdom

그들을 소중히 여겨라

오늘 당신의 주변의 소중한 존재들에게 얼마나 감사하는 마음을 가졌는지 생각하는 시간을 가져야 한다. 주변에는 당신에게 너무나도 소중한 사람이 많이 있다는 것을 깨달아야 한다. 부모, 아내, 남편, 자녀, 친구 등 너무나 소중한 그들에게 당신은 오늘 얼마만큼의 감사의 마음을 가졌는지 생각하는 시간을 가져라.

quotation of precious wisdom

진지하게 생각하는 시간을 가져라

자신의 꿈을 이루기 위해 어떤 목표를 정하였는지 그리고 그 목표에 따라 당신을 엄하게 다스렸는지에 대해 반성하는 시간을 가져라. 시간이 지나면 이루어지겠지 하는 안이한 생각으로 당신에게 주어진 너무나도 중요한 오늘이라는 시간을 낭비하였는지 깊이 생각하여야 한다. 미래를 준비하고 그 미래를 위하여 당신이 오늘을 어떻게 보냈는지 깊이 생각하라. 오늘 최선을 다했는지 반성하는 시간을 가져라. 오늘 당신의 일에 최선을 다할 때, 발전과 성공은 당신의 것이 될 수 있는 것이다. 오늘 당신의 생에 대하여, 당신의 일에 대하여 얼마나 최선을 다했는지 반성하는 기회를 가짐으로써 당신이 내일 새롭게 출발할 수 있는 것이다.

quotation of precious wisdom

삶의 행복은 바로 당신한테 달려 있는 것이다

오늘 당신의 삶을 풍부하게 해줄 당신의 주변에 있는 삶의 선물들을 바라보라. 당신 자신이 깨닫지 못해서 그렇지 삶은 온통 축복의 선물로 가득 차 있다. 그러나 그 축복의 선물을 대부분의 사람들은 깨닫지 못할 때가 많다. 그래서 자신이 선물을 받았다는 것도 망각한 채 살아가는 사람들이 많다. 자신의 행복은 어떤 선물을 받느냐가 아니라 그 선물을 어떤 태도로 받아들이느냐에 있다.

quotation of precious wisdom

성공하려면 악수를 두지 말아야 한다

바둑이라는 것은 묘수를 써서 이기는 것보다 악수를 써서 지는 수가 더 많다. 바둑을 좋아하는 사람들은 이 말의 의미를 쉽게 알 것이다. 그런데 이 말은 바둑에만 해당되는 말은 아니다. 삶에서도 마찬가지이다. 삶도 묘수로 성공하기보다 악수로 실패하는 일이 더 비일비재하다. 그리고 자신은 묘수라고 생각하지만 실은 악수를 연발하는 경우도 많다. 자신의 능력이 기본이 되지 않는 묘수는 자신에게 결코 유익한 것이 아니다. 묘수를 쓰려다가 악수를 쓰고 도리어 나쁜 역효과를 가져오는 일이 많다. 결국 자신의 일을 성공시키려면 묘수를 두기보다는 악수를 두지 말아야 한다. 얄팍한 꾀를 생각하여 반복해서 쓰다보면 나중에 그 꾀에 자신이 당하게 된다. 사람도 자신이 노력을 하지 않고 얕은 꾀만 생각하다가는 도리어 그 꾀에 자신이 넘어가 더욱 자신을 어렵게 만든다. 살아가면서 묘수를 노리기보다는 악수를 쓰지 않도록 노력하는 것이 이 시대를 살아가는 한 사람으로 현명한 처세의 한 방법이다.

quotation of precious wisdom

실패를 딛고 앞으로 전진하라

어리석은 사람은 해 보지도 않고 자신이 물을 마실 수 없다고 항아리를 깨버린다. 그러나 그것은 자신이 어리석다는 것을 증명하는 것이지 그 이상의 아무 의미도 없는 것이다. 목이 마르다면 물을 구하여라. 그리고 스스로 물을 발견하라. 그리고 그 물이 마시기 힘든 상황이라면 자신 스스로 마실 방법을 연구하라. 세상에서 제일 훌륭한 사람은 무엇인가를 실행해서 성공한 사람이고, 두 번째로 훌륭한 사람은 무엇인가 실행하다가 실패한 사람이다. 세 번째는 아무것도 안하고 성공한 사람이고, 네 번째는 아무것도 안하고 실패한 사람이다. 그는 714개의 홈런을 날렸다. 그는 1330번 스트라이크 아웃 되었다. 그러나 우리는 실패한 그를 기억하는 것이 아니라 성공한 그를 기억한다. 수년 동안 베이브 루스는 '홈런왕' 으로 불리었다. 베이브 루스는 홈런의 두 배 가까운 정도의 스트라이크 아웃을 당했던 것이다.

quotation of precious wisdom

자신의 능력을 알고 실행하라

한 젊은이가 도인이 되어 하늘을 날아보려고, 도인이 내려오는 곳 가까이에 오두막을 짓고 열심히 도를 닦고 있었다. 아주 오랜 동안 밥을 먹지 않고 훈련을 쌓으면 도인이 될 수 있다고 들었기에 젊은이는 단식을 계속하며 뛰어다니다가 시장기와 피로로 쓰러져 깊이 잠들어버렸다. 며칠이나 잤는지 문득 눈을 뜬 사내는 예정했던 수도를 끝낸 것으로 생각하고 오두막에서 나와 높은 벼랑 위에서 양팔을 벌리고 숨을 크게 들이키면서 소리를 지르며 공중으로 뛰었다. 멋지게 날아올랐다고 생각한 순간 젊은이는 벼랑 밑 바위에 떨어져 즉사하고 말았다. 만약 자신의 한계와 능력을 제대로 알지 못하고 높이만 쳐다보고 실행한다면 그 결과는 참혹한 모습으로 끝난다. 사람이 한계를 벗어나는 불가능한 일은 하려고 시도해 보았자 헛수고다. 자신의 능력으로 해낼 수 없는 것을 하려고 하는 사람은 결국 자신을 불행하게 만든다.

quotation of precious wisdom

스트레스는 풀 수 있을 때 풀자

사람들이 다니는 길에 자란 풀은 밟히지 않는다 해도 잘 자라지 못한다. 그러다 병들거나 죽어간다. 사람도 마찬가지다. 환경이 안정되지 못하면 스트레스로 인해 온갖 질병에 시달리게 된다. 육체적인 피로보다는 정신적인 피로에 문제가 있다. 누렇게 말라 가는 풀을 꿈꾸지 않는다면 스트레스는 풀 수 있을 때 풀자.

quotation of precious wisdom

새로운 것을 추구하라

시간에, 사람들에, 생활에 쫓기듯 살아가는 사람은 부귀영화를 얻는다고 해도 스스로 불행하다고 생각할 것이다. 참된 삶이란 보이는 무엇을 얻는 데 있지 않다. 바로 자신의 마음이 세상을 어떻게 받아들이냐에 따라 삶의 가치는 달라진다. 인생이 즐거우려면 다각적인 삶을 사는 방법을 찾아야 한다. 지금 가치가 있는 일이라도 무료해질 때는 전혀 생각하지 못했던 일에 의미를 둘 필요가 있다. 새로운 것을 추구한다는 것은 인생을 다시 살겠다는 의지이기도 하고 특별한 삶을 사는 첩경이기도 하다.

quotation of precious wisdom

최선을 다해 산다

세상을 사는 데 필요한 지침서나 격언들은 헤아릴 수 없을 만큼 많다. 세상의 모든 지혜를 통틀어 하나로 말할 수 있다면, 그것은 '실천하라'일 것이다. 실천이 없는 삶은 가짜 인생일 수밖에 없다. 실천하는 사람, 그 모습처럼 아름다운 것은 없을 것이다. 무슨 일이든 최선을 다할 때 기대 이상의 보람을 얻을 수 있는 것이다. 아무리 사소한 일이라도 최선을 다하면 처음 예상했던 결과보다 몇 배의 이익을 얻을 수 있다. 최선을 다해 산다는 것은 인간을 창조한 신에 대한 예의이기도 하지 않을까.

quotation of precious wisdom

자신에게 주어진 인생에 감사하라

자신이 얼마나 운이 좋은 사람인지, 또 자신이 누리고 있는 것들이 얼마나 노력 없이 얻어진 것들인지 생각하며, 감사와 기쁨 속에서 하루하루를 보내라. 살아 숨 쉬는 것 자체가 신이 내린 축복이고 은혜다. 그것은 그 자체로써 우리에게 주어진 가장 값진 선물이다.

quotation of precious wisdom

오늘 잠시라도

오늘 잠시라도 일을 즐기면서 하겠다는 마음 자세를 가져라. 일을 즐길 줄 아는 사람이야말로 진정으로 삶의 의미를 알 수 있다. 오늘 잠시라도 땀 흘리며 노동하는 것을 진정 기쁘게 여길 수 있는 마음을 가져라. 그러면 어려운 일을 하고 있어도 행복한 마음을 가질 수 있다. 오늘 잠시라도 일에 몰두하라. 삶의 의미가 희미해져 느껴지지 않을 때는 땀이 흐르도록 일을 하라. 삶의 의미를 발견하고 삶의 가치를 인식하게 된다. 오늘 잠시라도 온 몸에 땀이 나도록 일을 하라. 땀을 흘리지 않는 데서 몸의 병도 생기고 마음의 병도 생긴다. 땀 흘려서 일 하는 것, 그것이 인생에 행복과 건강을 약속한다.

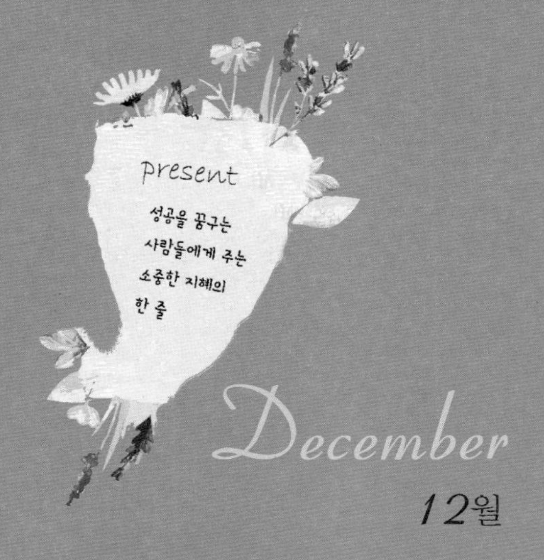
present
성공을 꿈꾸는
사람들에게 주는
소중한 지혜의
한 줄

December

12월

quotation of precious wisdom

나이 먹는 것을 두려워할 필요는 없다

많은 사람들이 세월이 가는 것을 덧없어한다. 하지만 이 세상에 존재하는 모든 것들은 나이를 먹고 죽게 된다. 죽음 이후의 세계보다는 살아 있는 지금의 시간에 의미를 두자. 두려워할 시간이 어디 있겠는가.

quotation of precious wisdom

우울함이란
정신을 흐리게 만드는 병이다

우울함이란 기분 나쁨이나 괴로움과는 다르다. 자신을 나태하게 만들고 주위와 불협 화음을 일으키게 만든다. 우울함을 극복하려면 적극적으로 살아야 한다. 과감하게 일을 추진하고 사람들과의 관계를 주도할 필요가 있다.

quotation of precious wisdom

욕심을 버려라

마음에 여유가 있으면 인생은 안정되고 평화로워진다. 많은 일을 계획하고 실행하는 데 자신에게 주어진 거의 모든 시간을 소진하는 사람들이 있다. 일이 좋아서 어쩔 수 없이 그렇게 산다는 건 변명일 뿐이다. 욕심을 버려라. 열심히 일한 대가는 충분히 쉬는 것뿐이다.

quotation of precious wisdom

포기하지 말아라

인생을 반전시킬 기회를 얻기는 그리 쉽지 않지만 언젠가는 그 기회가 오는 법이며 그때 승부를 걸어야 한다. 그러나 사람들은 대부분 귀중한 기회를 놓쳐버리곤 한다. 너무 일찍 낙담하거나 포기하기 때문이다. 미완성의 삶을 살아가는 우리가 미완성의 자신을 두려워할 필요가 있을까. 자신감이라는 노를 버리지 않고 끝까지 최선을 다하며 기다린다면 밀물은 곧 뱃전에 닿을 것이다.

quotation of precious wisdom

먼저 시작하라

누군가는 해야 할 일이라면, 그리고 가치가 있는 일이라면 나 자신이 먼저 시작하는 것이 주체적인 삶을 살아가는 사람의 행동방식일 것이다. 타인을 위한 희생이 순수한 마음의 발로라고 말할 수 있는 근거는 어떤 위급한 상황이 발생했을 때 희생정신이 반사적으로 우러나오기 때문이다. 적극적인 사고와 주체적인 행동이야말로 아름다운 삶의 근원이 아닐까.

quotation of precious wisdom

고정관념에서 자유로워라

세상을 살아가면서 가장 불행한 경우 중의 하나는 고정관념에서 자유롭지 못한 것이다. 그 다음 불행한 것은 자신의 생각을 획일화시키는 것이다. 이 두 가지의 오류에 동시에 빠지게 되면 자신과 타인의 불행조차 감지하지 못한다. 그런데 보편적인 사람들은 거의 모두 이 세 가지 오류에 빠져 있다. 창조적인 삶이 위대한 이유다.

quotation of precious wisdom

동심은 세상을 정화시키는 거대한 힘이다

어른들만 모인 곳에 해맑은 아이 하나가 나타나면, 금세 어른들의 마음은 푸릇푸릇 풀향을 품는다. 하지만 아이가 떠나고 어른들만 남게 되면 폐가가 모여 있는 마을처럼 삭막해진다. 어른들은 항상 쉴 곳을 찾는다. 그런데 아이들이야말로 어른들이 가장 편안하게 쉴 수 있는 정원이라는 걸 왜 모르는 걸까?

quotation of precious wisdom

여행은
새로운 정착지를 찾기 위한 것이다

현재의 생활터전으로 다시 돌아오는 것은 그 정착지를 찾지 못했음을 의미한다. 만약 머물 곳을 찾았다면 자신이 그 동안 걸어왔던 낯선 길들을 정리하고 인생을 마무리할 시점일 것이다. 그때는 예전의 자신처럼 길을 떠나온 친구들이 필요한 법이다.

quotation of precious wisdom

성공보다 실패에서 많은 지혜를 배운다

한 번도 실패한 경험이 없는 사람은, 한 번도 발견한 일이 없음에 틀림없다. 지혜, 느낌, 깨달음, 각성 등등을 발견한 일이 없는 사람이 어찌 큰 일을 하겠는가? 실패를 경험하는 것을 두려워 말자. 실패는 재도전하는 기회와 용기를 준다.

quotation of precious wisdom

어떤 일이든
한순간에 이루어지는 법은 없다

장인들을 보라. 그들의 손은 지문이 닳아버린 지 오래고, 몸짓 또한 자신들이 다듬는 물건을 닮아 있다. 그들의 형색은 허름해 보일지라도 내면에 숨겨진 가공할 만한 기운은 어느 누구도 쉽게 흉내낼 수가 없는 것이다. 무언가 부족한 부분이 있다 싶으면 장인들의 손을 닮자.

quotation of precious wisdom

나 스스로 세상을 버리지 않는다

세상이 자신을 버렸다고 생각할 때 사람은 삶의 의욕을 잃는다. 어느 누가 버림받아 외톨이가 된 자신을 용납할 수 있겠는가. 그러나 나 스스로 세상을 버리지 않는다면 나를 둘러싼 모든 것들은 친구가 될 수 있다. 눈을 잃은 사람은 잠시 보는 일이 불편하겠지만 한번 마음을 잃은 사람은 눈 뜬 장님이나 다름없다.

349

quotation of precious wisdom

가슴으로 생각해라

추억은 아름답지 않다. 우리의 머리는 아름다웠던 순간들은 잊기 쉽지만 슬프고 상처받은 날들은 기억하고 있기 때문이다. 하지만 가슴은 다르다. 상처가 난 사연들도 가슴에 닿으면 하늘빛 영상이 되어 간직된다. 한 때의 슬픈 사랑에 대한 기억으로 마음이 아프다면 가슴으로 생각해라. 소라껍데기가 들려주는 파도소리처럼 잔잔한 그리움이 밀려들 것이다.

quotation of precious wisdom

인생을
다시 살아보자

인생을 다시 살 수만 있다면 지금 생각해 보지 못한 다른 일을 하고 싶다. 이 얼마나 멋진 생각인가! 아무런 가치도 두지 않았던 것들이 새로운 꿈이 될 수도 있는 것이다. 지금 당신이 성공에 대한 집착 때문에 괴로워하고 있다면, 인생을 다시 살아보기를 권하고 싶다. 제일 사소한 일이기에 무시하고 지나쳤던 일들을 조심스럽게 찾아가면서.

quotation of precious wisdom

아이들의 동심을 배우자

아이들의 싸움엔 눈물은 있을지언정 증오가 없다. 하지만 감정이 개입하는 성인들의 싸움은 증오와 환멸로 가득하다. 어른들은 아이들이 싸우면 나쁜 아이라며 꾸지람을 늘어놓는다. 그러면서도 정작 어른들은 사소한 일에도 다투는 일이 많고, 심하면 상대방에게 큰 피해를 주기도 한다. 어른들은 해맑은 아이들에게 그 동안 잊어버렸던 증오 없는 눈물을 다시 배워야한다. 동심을 미워할 사람은 없기 때문이다.

quotation of precious wisdom

적당한 거리를 유지하자

담은 우리 민족의 특이한 주거 문화다. 우리의 담은 성벽을 제외하고는 그리 높지도 낮지도 않다. 성인들이 고개를 약간만 들어올리면 마당에 무엇이 있는지, 살림살이는 어떤지 들여다볼 수 있는 높이다. 우리는 그 담을 통해 이웃과 정을 나눠 왔다. 하지만 함부로 담을 넘나들지는 않았다. 적당한 거리를 유지함으로써 이웃과의 사소한 마찰을 방지했던 것이다.

quotation of precious wisdom

많고 적음이 행복의 척도가 될 수는 없다

소유로 인한 행복은 한때에 불과하고, 소유로 인해 불행해지는 일도 많다. 또한 소유한 것이 많을수록 그것을 지키는 데 시간과 노력을 쏟아 부어야 한다. 그렇다고 달관한 초인처럼 아무것도 갖지 말아야 하는 것은 아니다. 지금 자신에게 꼭 필요한 것만 소유하는 것, 그리고 만족할 줄 아는 것이 행복의 첩경이다.

quotation of precious wisdom

나쁜 사람에게 함부로 친절을 베풀지 마라

함부로 선의를 베풀다가는 자신을 어려움에 처하게 만들 수 있다. 선의를 베풀더라도 그 상대를 보고 베풀어야 한다. 왜가리가 늑대를 도와주는 선의를 베풀었지만 늑대는 도리어 왜가리에게 큰소리 쳤다. 은혜를 모르는 존재에게는 함부로 선의를 베풀어 봐야 도움을 받기는커녕 자신의 삶을 위기에 몰아넣을 수도 있다. 세상을 살아가면서 기본적으로 남에게 베풀줄 알아야 한다. 그러나 심성이 나쁜 사람에게 베풀어 봐야 당신이 바랄수 있는 보수란 배은망덕에 해를 끼치는 것밖에 없다. 그렇기에 아무에게나 선의를 베풀 필요는 없다. 상대가 배은망덕하고 사람으로서의 도리를 제대로 모른다면 그는 당신이 도움을 주어도 결국 당신에게 해를 끼칠지도 모른다. 남에게 도움을 주고 착하게 사는 것은 좋으나 그 대상을 구별하지 않고 함부로 선의와 도움을 준다면 좋은 선의를 베풀었지만 결국 그로 인하여 당신은 해를 입게 된다.

quotation of precious wisdom

우정과 화합의 힘이 얼마나 큰 것인가

만약 인간이 이 세상에서 인간을 결합하고 있는 기반을 끊어버린다면, 어떠한 가정이건 도시이건 존속할 수 없다. 이 점을 충분히 이해할 수 없다면, 싸움이나 불화를 봄으로써 사람들은 우정과 화합의 힘이 얼마나 큰 것인가를 알 수 있으리라. 왜냐하면 증오와 싸움에 의하더라도 그 뿌리로부터 전복을 당하지 않는 매우 견고한 가정이나 도시가 어디에 있겠느냐 말이다.

quotation of precious wisdom

보라 겨울은 지나가고 비도 이제 그치었다

보라. 겨울은 지나가고 비도 이제 그치었다. 뭇꽃은 땅위에 솟아나고 새들의 지저귀는 시절은 와서 산비둘기의 소리, 우리의 땅에 들려온다. 내 사랑하는 사람아 내 아름다운 사람아 일어나서 나오라. 골짜기 낭떠러지 그늘에 숨어 있는 나의 비둘기여 나에게 너의 얼굴을 보이라. 너의 목소리는 사랑스럽고 너의 얼굴은 아름다워라. 우리들의 포도원은 꽃이 한창 때이다.

357

quotation of precious wisdom

돈에 대하여

지금껏 이토록 금전이란 것이 유일한 주인이며 신 노릇을 한 적은 없다. 그리고 이토록 부유한 자가 빈궁한 자로부터 방어를 받았으며, 빈궁한 자가 부유한 자에 대하여 무방어였던 적은 없다. 또한 이토록 정신적인 것이 현세적인 것에 대하여 무방어 상태였던 적도 없는 것이다.

quotation of precious wisdom

파도치라! 짙푸른 대양아

파도치라! 짙푸른 대양아, 파도치라! 만이 넘는 함대도 너의 위를 자취도 없이 지나갈 수밖에 없다. 인간은 지상에다 파괴의 흔적을 남기나, 그 힘은 겨우 뭍 언덕에 그친다. 한 바다 위에 파괴란 오직 네가 할 수 있는 것, 인간의 파괴력이란 그 자취조차 남기지 못한다. 그리하여 대양아, 나는 너를 그리워했다. 나의 젊은 날의 환희란 너의 가슴에 안기어 포말처럼 떠도는 그것이었다.

quotation of precious wisdom

삶은
협상의 연속이다

협상을 잘 할 수 있어야 성공할 수 있다. 세상살이는 다른 한편으로 볼 때 협상의 연속이라고 할 수 있다. 사회를 살다 보면 항상 사소한 협상에서 중요한 협상까지 늘 협상을 할 수밖에 없다. 유연함이 필요할 때는 유연하게, 단호함이 필요할 때는 단호하게 하는 자세가 필요하다. 협상에 임할 때 협상의 기술로서 강약을 살릴 줄 알아야 한다. 무조건 강하게 밀고 나간다고 해서 협상에 성공하는 것은 아니다. 강약을 적절히 구사할 수 있어야 협상을 성공적으로 이끌 수 있다.

quotation of precious wisdom

자신을 가꾸는 것이 자신을 관리하는 것이다

건강한 몸을 유지하기 위하여 늘 몸을 청결하게 한다. 자신을 가꾼다는 것은 바로 자신을 관리하는 것이다. 단정하고 청결한 외모는 바른 정신을 가질 수 있게 해 준다. 그리고 타인에게도 좋은 인상을 줄 수 있다. 외모를 단정하고 청결하게 하는 것은 건강을 유지함에 있어서도 아주 중요한 요소 중의 하나이다.

quotation of precious wisdom

새벽운동을 할 수 있다면 좋다

운동을 시작하였다면 새벽운동을 하는 것이 좋다. 운동 중에는 새벽운동이 가장 효과가 좋다. 건강을 유지하기 위해서는 남들보다 일찍 일어나 운동을 하는 것이 가장 효과가 있는 방법이다. 당신이 시작할 수 있는 운동을 선택하고 또 무리를 주지 않으면서 실천할 수 있는 운동을 시작하라.

quotation of precious wisdom

평판에 주의를 기울여라

당신에 대한 주변의 평판에 주의를 기울여라. 주변의 평판은 어떤 것이든 금방 널리 유포된다. 아무것도 아닌 것 같은 소문이 나중에 가서는 자신의 발목을 잡는다. 소문은 보기보다 실로 무서운 힘을 가지고 있다. 그것이 사실이든 사실이 아니든 소문의 대상이 된다면, 그것도 나쁜 소문의 대상이 된다면 당신과 당신의 가족에게 미치는 영향은 아주 클 수밖에 없다. 평판과 소문에 대하여 주의를 기울이고 그 소문의 대상이 되지 않도록 노력하여야 한다.

quotation of precious wisdom

솔선수범하여 화목한 가정을 만들어라

자신이 나서서 능동적으로 화목한 가정을 만드는 열쇠를 마련하라. 가족 구성원들간의 서로의 책임을 인식하게 하고 각자의 권위를 세워 주라. 또한 가정의 각 구성원들이 가정의 일에 자발적으로 참여할 수 있는 계기를 마련해야 한다. 가장 중요한 것은 당신이 먼저 나서서 솔선수범하는 것이다. 당신이 나서서 책임을 인식하고 권위를 세우고 그리고 즐거운 마음으로 가정의 일에 참여를 한다면 가정은 금방 화목하게 될 것이다.

quotation of precious wisdom

정보를 수집할 때는 체계적으로 해야 한다

어떤 일을 할 때 계획을 세운다. 큰 건물을 건축할 때뿐만이 아니라 작은 집을 만들더라도 계획을 세우고 설계도를 그린 후 작업을 한다. 정보를 수집하는 것도 마찬가지이다. 계획을 세우고 체계적으로 수집했을 때 정보로서의 가치를 가진다. 필요로 하는 것이 무엇인가? 가장 관심을 갖는 분야는 무엇인가? 자료를 얼마나 모아야 하는가? 등 육하원칙에 준하여 계획을 세워야 한다. 이런 계획을 거쳐 가까운 곳, 접하기 쉬운 것에서부터 자료를 찾아 그 자료를 기초로 좀더 포괄적이고 본질에 가까운 정보에 접근해야 한다. 가장 중요한 것은 정보는 가장 필요로 하는 것을 시대와 상황에 맞춰 모아서 활용해야 한다는 것이다. 정보를 모아 쌓아두고 활용도 못하는 정보의 노예가 되지 말고 정보를 적재적소에 쓸 수 있어야 한다.

quotation of precious wisdom

얻고자 할 때
좋은 발상을 얻을 수 있다

아이디어에 대한 발상은 누가 억지로 시켜서 나오는 것보다는 스스로 그것을 얻고자 하는 자율적인 가운데서 좋은 발상이 나오는 법이다. 아이디어의 발상은 개인적인 것이며 늘 자기의 주변에 있는 것이다. 그것을 얻으려는 노력이 부족해서 우리는 얻지 못하는 것이다. 발상이 자연스럽게 나오려면 생각하는 것이 자유스러워야 한다. 생각을 자유롭게 하는 방법을 모르는 사람은 아무리 생각해도 좋은 발상이 떠오르지 않는 법이다. 만약 지금까지 해온 방법을 바꾸지 못하는 굳은 생각을 가지고 있다면 발상은 거기에서 벗어날 수 없을 것이다. 지금부터라도 생각을 자유롭게 하는 방법을 배워야 한다.

삶의 기적은 스스로 만드는 것이고
당신은 만들게 될 것이다.